HSRC
PRESS

中国非洲研究院文库·学术译丛

忧伤的群岛

查戈斯人的流散与抗争

L'Archipel du Sagrin

〔毛里求斯〕南多·博达（Nando Bodha）/ 著

曾珠 / 译

社会科学文献出版社
SOCIAL SCIENCES ACADEMIC PRESS (CHINA)

充分发挥智库作用　助力中非友好合作

——"中国非洲研究院文库"总序

当前，世界之变、时代之变、历史之变正以前所未有的方式展开。一方面，和平、发展、合作、共赢的历史潮流不可阻挡，人心所向、大势所趋决定了人类前途终归光明。另一方面，恃强凌弱、巧取豪夺、零和博弈等霸权霸道霸凌行径危害深重，和平赤字、发展赤字、安全赤字、治理赤字加重，人类社会面临前所未有的挑战。

作为世界上最大的发展中国家，中国始终是世界和平的建设者、国际秩序的维护者、全球发展的贡献者。非洲是发展中国家最集中的大陆，是维护世界和平、促进全球发展的重要力量之一。在世界又一次站在历史十字路口的关键时刻，中非双方比以往任何时候都更需要加强合作、共克时艰、携手前行，共同推动构建人类命运共同体。

中国和非洲都拥有悠久灿烂的古代文明，都曾走在世界文明的前列，是世界文明百花园的重要成员。中非双方虽相距万里，但文明交流互鉴的脚步从未停歇。进入 21 世纪，特别是中共十八大以来，中非文明交流互鉴迈入新阶段。中华文明和非洲文明都孕育和彰显出平等相待、相互尊重、和谐相处等重要理念，深化中非文明互鉴，增强对彼此历史和文明的理解认知，共同讲好中非友好合作故事，有利于为新时代中非友好合作行稳致远汲取历史养分、夯实思想根基。

中国式现代化，是中国共产党领导的社会主义现代化，既有各国现代化的共同特征，又有基于自己国情的中国特色。中国式现代化，深深植根于中华优秀传统文化，体现了科学社会主义的先进本质，借鉴吸收一切人类优秀文明成果，代表了人类文明进步的发展方向，展现了不同于西方现代化模式的新图景，是一种全新的人类文明形态。中国式现代化的新图景，为包括非洲国家在内的广大发展中国家发展提供了有益参考和借鉴。近年来，非洲在自主可持续发展、联合自强道路上取得了可喜进步，从西方人眼中"没有希望的大陆"变成了"充满希望的大陆"，成为"奔跑的雄狮"。非洲各国正在积极探索适合自身国情的发展道路，非洲人民正在为实现《2063 年议程》与和平繁荣的"非洲梦"而努力奋斗。中国坚定支持非洲国家探索符合自身国情的发展道路，愿与非洲人民共享中国式现代化机遇，在中国全面建设社会主义现代化国家新征程上，以中国的新发展为非洲和世界提供发展新机遇。

中国与非洲传统友谊源远流长，中非历来是命运共同体。中国高度重视发展中非关系，2013 年 3 月，习近平担任国家主席后首次出访就选择了非洲；2018 年 7 月，习近平连任国家主席后首次出访仍然选择了非洲；截至 2023 年 8 月，习近平主席先后 5 次踏上非洲大陆，访问坦桑尼亚、南非、塞内加尔等 8 国，向世界表明中国对中非传统友谊倍加珍惜，对非洲和中非关系高度重视。在2018 年中非合作论坛北京峰会上，习近平主席指出："中非早已结成休戚与共的命运共同体。我们愿同非洲人民心往一处想、劲往一处使，共筑更加紧密的中非命运共同体，为推动构建人类命运共同体树立典范。"2021 年中非合作论坛第八届部长级会议上，习近平主席首次提出了"中非友好合作精神"，即"真诚友好、平等相待，互利共赢、共同发展，主持公道、捍卫正义，顺应时势、开放包容"。这是对中非友好合作丰富内涵的高度概括，是中非双方在争取民族独立和国家解放的历史进程中培育的宝贵财富，是中非双方在发展振兴和团结协作的伟大征程上形成的重要风范，体现了友好、平等、共赢、正义的鲜明特征，是新型国际关系的时代标杆。

随着中非合作蓬勃发展，国际社会对中非关系的关注度不断提高。一方面，震惊于中国在非洲影响力的快速上升；另一方面，忧虑于自身在非洲影响力的急速下降，西方国家不时泛起一些肆意抹黑、诋毁中非关系的奇谈怪论，如"新殖民主义论""资源争夺论""中国债务陷阱论"等，给中非关系的发展带来一定程度的干扰。在此背景下，学术界加强对非洲和中非关系的研究，及时推出相关研究成果，提升中非双方的国际话语权，展示中非务实合作的丰硕成果，客观积极地反映中非关系良好发展，向世界发出中国声音，显得日益紧迫和重要。

以习近平新时代中国特色社会主义思想为指导，中国社会科学院努力建设马克思主义理论阵地，发挥为党和国家决策服务的思想库作用，努力为构建中国特色哲学社会科学学科体系、学术体系、话语体系作出新的更大贡献，不断增强我国哲学社会科学的国际影响力。中国社会科学院西亚非洲研究所是遵照毛泽东主席指示成立的区域性研究机构，长期致力于非洲问题和中非关系研究，基础研究和应用研究双轮驱动，融合发展。

以西亚非洲研究所为主体、于 2019 年 4 月成立的中国非洲研究院，是习近平主席在中非合作论坛北京峰会上宣布的加强中非人文交流行动的重要举措。西亚非洲研究所及中国非洲研究院自成立以来，发表和出版了大量论文、研究报告和专著，为国家决策部门提供了大量咨询报告，在国内外的影响力不断扩大。遵照习近平主席致中国非洲研究院成立贺信精神，中国非洲研究院的宗旨是：汇聚中非学术智库资源，深化中非文明互鉴，加强中非治国理政和发展经验交流，为中非和中非同其他各方的合作集思广益、建言献策，为中非携手推进"一带一路"高质量发展、共同建设面向未来的中非全面战略合作伙伴关系、构筑更加紧密的中非命运共同体提供智力支持和人才支撑。

中国非洲研究院有四大功能。一是发挥交流平台作用，密切中非学术交往。办好三大讲坛、三大论坛、三大会议。三大讲坛包括"非洲讲坛""中国讲坛""大使讲坛"，三大论坛包括"非洲留学生论坛""中非学术翻译论坛""大航海时代与 21 世纪海上丝绸之路海峡两岸学术论坛"，三大会议包括"中非文明对话大会""《（新编）中国通史》和《非洲通史（多卷本）》比较研究国际研讨会""中国非洲研究年会"。二是发挥研究基地作用，聚焦共建"一带一路"。开展中非合作研究，对中非共同关注的重大问题和热点问题进行跟踪研究，定期发布研究课题及其成果。三是发挥人才高地作用，培养高端专业人才。开展学历学位教育，实施中非学者互访项目，扶持青年学者。四是发挥传播窗口作用，讲好中非友好故事。办好中国非洲研究院微信公众号，办好中国非洲研究院中英文网站，创办多语种《中国非洲学刊》。

为贯彻落实习近平主席的贺信精神，更好汇聚中非学术智库资源，团结非洲学者，引领中国非洲研究队伍提高学术水平和创新能力，推动相关非洲学科融合发展，推出精品力作，同时重视加强学术道德建设，中国非洲研究院面向全国非洲研究学界，坚持立足中国，放眼世界，特设"中国非洲研究院文库"。"中国非洲研究院文库"坚持精品导向，由相关部门领导与专家学者组成的编辑委员会遴选非洲研究及中非关系研究的相关成果，并统一组织出版。文库下设五大系列丛书："学术著作"系列重在推动学科建设和学科发展，反映非洲发展问题、发展道路及中非合作等某一学科领域的系统性专题研究或国别研究成果；"学术译丛"系列主要把非洲学者以及其他方学者有关非洲问题研究的学术著作翻译成中文出版，特别注重全面反映非洲本土学者的学术水平、学术观点和对自身发展问题的认识；"智库报告"系列以中非关系为研究主线，中非各领域合作、国别双边关系及中国与其他国际角色在非洲的互动关系为支撑，客观、准确、翔实地反映中非合作的现状，为新时代中非关系顺利发展提供对策建议；"研究论丛"系列集结中国专家学者研究非洲国际关系和非洲政治、经济、安全、社会发展等方面的重大问题，形成的一批创新性学术研究成果，具有基础性、系统性和标志性的特点；"年鉴"系列是连续出版的资料性文献，分中英文两种版本，设有"重要文献""热点聚焦""专题特稿""研究综述""新书选介""学刊简介""学术机构""学术动态""数据统计""年度大事"等栏目，系统汇集每年度非洲研究的新观点、新动态、新成果。

在中国非洲研究院成立这一新的历史起点上，期待中国的非洲研究和非洲的中国研究凝聚国内研究力量，联合非洲各国专家学者，开拓进取，勇于创新，不断推进我国的非洲研究、非洲的中国研究以及中非关系研究，从而更好地服务于中非高质量共建"一带一路"，助力新时代中非友好合作全面深入发展，推动构建更加紧密的中非命运共同体。

中国非洲研究院

2023 年 9 月

　　谨向布里吉特、布鲁诺、卡西、德西蕾、拉马、塞德利和西尔瓦诺表达我不尽的感激之情。感谢他们所做的细致且宝贵的工作，使得本书内容更加完善，文字更加准确。

　　在此，我还要特别感谢普雷一直以来的陪伴，以及沙亚所做的一切。

N. B.

前　言

这个故事应该被讲述出来。

这是一个关于来自印度洋的民族如何被驱逐出故土，又如何被连根拔起的故事。它值得被讲述，并经由它，去尽可能呈现历史的真相。这是当代历史上最惨重的悲剧之一。世界强国——英国，弄虚作假，制造悲剧，却是由那些最弱小的人们——查戈斯人，承受悲剧的命运至今。这个故事，不仅是一个被迫背井离乡的族群斗争不息，要求获得重返故土权利的故事，也是关于毛里求斯这个国家要求重新掌控岛屿主权，并与大国抗争的故事。

今天，投身于这场斗争的人们，无论是伊鲁瓦人①，如班库尔特一家、曼达林、塔拉特、亚历克西等人，还是那些数十年来献身于此项事业的政治人物，如拉姆古兰家族、贾格纳特家族、贝朗热、米歇尔等②……都开始用同一个声音说话。

本书的字里行间涌现了许许多多的人物，比如西尔维斯特、让·罗伊……他们代表了这场悲剧的众多亲历者。女性人物有索朗日，她的经历诠释了无数女性的真实命运。而迪戈，这个人物则代表了开始觉醒的年轻一代。

这是第一次，全世界开始倾听他们的故事。

---

① 原文为 les îlois，意为"岛民"。——译者注
② 参见本书"数据与史实"："毛里求斯人为了查戈斯人的命运而斗争"。

致爱德华·莫尼克

佩洛斯-班豪斯岛成了一座死岛

一个没有灵魂的天堂

孩子们的嬉闹声消失了

狗儿们的吠叫声也消失了

萨洛蒙岛没有了火光

宝石般群岛的礁湖中

独木舟的身影无影无踪

女人们不再自在地舞蹈

今日的迪戈加西亚岛

有的只是水泥的碉堡

还有最尖端的致命武器

一些极端分子被关押在这里

为了捍卫注定要失败的事业

他们能够犯下最恐怖的罪行

奥利弗·班库尔特

一个纯洁的人

一个意志坚定的人

为了族人能够重返家园

他和族人并肩作战

在卡西斯和奥萨布尔斯角

一些老伊鲁瓦人依然记得这一切

年轻一代梦想着伦敦

但还有一些想着回到故土

为找回失去的天堂

抗争到底

毛里求斯

强烈要求获得对查戈斯群岛的合法主权

我一定要把这一切说出来

谢谢你，我爱你

感谢你鼓励我

让我把它写下来

致爱德华·莫尼克

流

亡

序言 旅 行

2015 年

迪戈加西亚岛

一架 F-18 战斗机突然出现，在一阵刺耳的轰鸣中攀升。噪声撕裂了整个蓝色天际。人们不禁会问，这架战斗机的飞行员是否有片刻闲暇将视线投向查戈斯群岛，去眺望那一个个美丽的岛屿如金色宝石般镶嵌在碧绿的洋面上，欣赏这流光溢彩的壮丽之景。64个珊瑚灰岩岛点缀在海上，就像一个个小小的花冠。

今日，从迪戈加西亚岛起飞的这种超级尖端的飞行器并未携带导弹。飞行员只是在这个地球上最美丽的一处景点上空执行一个简单的飞行训练任务。然而，明天，F-18 战斗机会再次向西飞去，向困在泥潭中的叙利亚发起致命袭击。印度洋上的这个小岛，俨然变身为西方国家的武器库所在地。

白色沙滩上，出现了 100 多个查戈斯人的身影。在流浪至毛里求斯 40 多年之后，他们再次重聚在萨洛蒙岛、佩洛斯－班豪斯岛和迪戈加西亚岛。这是他们奋力抗争、穷尽力气才争取到的回归故土的权利。这是一场惊心动魄的归根之旅，尽管旅程实在是过于短暂，因为英国人给他们停留的时间仅仅数天，数小时而已。

那都是十年前的事儿了。流浪者们终于找到了失去的伊甸园。

即便流浪，梦想依然没有破碎。

拔　根

1973 年 5 月 26 日

查戈斯群岛

　　到处是尖叫声，哭泣声，男人们呼喊的声音，夹杂着女人们呜咽着回应的声音。空气中还飘荡着命令声，嘎吱作响的滑轮声，以及机器慢速运转的沉闷响动声。架在一艘货船桅杆上的照明灯阴森森的，暗到根本让人看不清到底发生着什么。这样最好。要把人运走，这种黑漆漆的光线再理想不过了。

　　接着，指令很明确了：只要上了诺达威尔（Nordvaer）号，就没什么问题了！把这些人从这片土地上弄走。

　　这是一个举办葬礼一般的夜晚。一个又一个家庭的寻常日子被就地埋葬。掘墓人就是英国人。这个诺达威尔号，是条专载脏活儿的轮船。说起这艘货轮名字的由来，那就要说到 15 年前了。德国的布莱梅（Brême）造船厂给它起了这个名字。后来，日子久了，尽管船身锈迹斑驳，它的身影还是出现在美丽的印度洋海面上，专门运输些鸟粪之类的脏东西。虽然鸟粪的气味难闻，但做肥料是极好的。"诺达威尔"这名字，听起来有点奇怪，看上去隐约想表达的意思是"北方的天气"。

这艘船,没有人会忘掉它,就好像,总有些名字,永远不可能让人擦去对它们的记忆。

诺达威尔号刚刚把最后一批查戈斯人"装"上船。查戈斯人,在他们口中又被称作伊鲁瓦人,即"岛民"。诺达威尔号可不是来运送游客的。准确地说,它是在装货,满载的是无情的苦难与不公。就此,查戈斯人被带上了一条未知之路。

船上,一个个家庭,携带着单薄的衣物和日常用品,你靠着我,我靠着你,紧紧地挤在一起。男人们都得在甲板上待着。女人们、孩子们,还有每个人的家当,统统被安置在臭气熏天的船舱底部的蒲草垫子上。

起航。萨洛蒙岛渐渐远去,消失,变成一片荒寂。

不一会儿工夫,引擎出了故障。得等到明天晚上才能重新出发前往佩洛斯-班豪斯岛。那是岛链尽头的另一个岛屿,如今也已沦为了无人岛。接下来,船将会在塞舌尔中途停靠。

中途停靠?这个词激发了无数幻想。乘客们幻想着,停靠后是否能下船带些漂亮的纪念品回来。然而,他们大错特错了。准确地说,塞舌尔只是通往绝望之路的一处歇脚点。

个别人将会在那里下船。接着,船将继续南航,穿越海域,驶向毛里求斯。

这就是最后的一段旅程。

大高个儿拉斐尔眼神迷离,视线在海浪与地平线之间逐渐模糊,表情僵硬,似乎海上的雾天把他给凝固住了。起航了,一切都抛下了,不管是他做木匠活儿的工具,还是他那高大的身板。曾经的拉斐尔高大健壮，可现在整个人却蜷在一起，被重压给彻底击垮了。

出发前，玛丽去了一趟墓地，和几个月前去世的丈夫永远地告了别。她的肚子里还怀着第四个孩子，额头上浮现几道不属于她这个年纪的深深皱纹。她温柔地看着孩子们，女儿玛丽莲正在帮忙照看弟弟们。

玛丽的朋友艾维来自萨洛蒙岛，此时也正在船上寻觅一处干爽的地方。

"一大家子人呢，怎么能就用一块蒲草垫子打发呢?"艾维哀叹着。

在舱底是睡不好的。还有一些人根本睡不着。引擎有故障，噪声震天，螺旋桨轴颤个不停，真是场煎熬啊。

此刻，还有第二艘船——珍珠Ⅱ（La Perle Ⅱ）号——和诺达威尔号同航线行驶。船上充斥着一股浓烈的死鱼烂虾味儿。这艘船也是脏得令人作呕。

* * *

这些人，曾生活在迪戈加西亚岛上。

迪戈加西亚岛是一个呈 V 形的珊瑚岛，是大自然在海洋上书写下的精巧之作。岛屿位于查戈斯群岛南边，塞舌尔岛东面以及赤道下方。

他们祖祖辈辈、世世代代，都在这个岛上生活。从奴隶贸易时期起，他们就被扔到了这里。自此，就一直生活在这里。

从那个时候起，这些人就是被放逐的，失去了根。他们称自己

拔
根

为"失根者",而今,他们又背井离乡,面临第二次流浪。

1971 年 10 月 15 日,这是驱逐令首次发布的日子。凉意袭人的清晨,英国人把他们召集到树下,分成几个小队,并给了他们一个选择:要么去毛里求斯,要么去塞舌尔。假如他们无论如何都想留在岛上,那就必须离开迪戈加西亚岛,去最荒凉的萨洛蒙岛和佩洛斯-班豪斯岛。此时,他们还尚未经历过那强烈的忧伤,尚不知一场可怕的悲伤之浓雾即将袭来,将他们迅速团团裹住而久久不得解脱,一种他们后来称之为"忧伤"(sagrin)的东西。

之后数年里,艾维这个漂亮健硕的女人,一直会反反复复地叙述她在佩洛斯-班豪斯岛上待了 6 个月的经历:"没有食物,没有药品,英国人早把护士们都送走了。我不知道怎么给孩子们弄吃的。没有面粉,也没有干粮,像小扁豆、青豆之类的各种豆子都没有。只能拿椰汁和着些烤过的米粒做顿椰汁咖喱汤。"

艾维的丈夫让·罗伊是个渔民,他被赶上船之前,逃到一个荒岛藏了起来,就像贩奴时期拼命逃命的奴隶。他想,哪怕在岛上等死也比被驱逐好。可英国人还是把他给抓住了。最后,他和其他人一样,被胁迫着登了船。

初上甲板的那天晚上,让·罗伊一言不发。他发现自己什么也做不了,他的岛,他挽救不了。是的,是他的岛。每个岛屿都早已在他心里。现在,岛屿漂移远去了,向着远方,朝东边漂走了。他有一种无法形容的感受。离去,水手们却管这叫起航,这是一个非常奇怪的时刻。越过地平线,岛屿的土地被抛在身后,与世隔绝。此地,再也回不去了!

让·罗伊是个少言寡语的人,脸庞有棱有角,皮肤粗糙。他这个人一辈子没离开过查戈斯群岛。他擅长理解大海的信号。鱼笼总是满的。只要是在他捕鱼的线路上，奇迹总不断发生。他还会抓海龟，先把海龟弄得疲惫不堪，再将它们带到陆地上去。

在让·罗伊身边的是他的朋友西尔维斯特，一位智者。西尔维斯特静静地看着海浪拍打船头，浪花似乎要吞噬掉这个大块头的钢铁"巨人"。

"岛上的神灵过去一直保佑我们，可现在它抛弃我们了。"西尔维斯特不停地念叨着，"不是还有那么多无人岛吗?！为什么偏偏要把我们从家园赶走?"

让·罗伊知道，现在的他们，很迷茫，完全不知所措。水流在诺达威尔号行驶的航线上旋出一个个波浪。翻腾的海浪下，一道道深渊正在形成。从此以后，伊鲁瓦人在哪里都没了故乡。

* * *

一个民族是什么?

一个民族?是代代传承的共同记忆。这记忆，由那些褪色的和其他不断被巩固、被强化的记忆交织而成。那是关于气味和味道的记忆，是海浪咸味与泥土芬芳的记忆，是影子与光明的记忆，是神话与信仰的记忆，是和平与战斗的记忆，是有关美丽女人们与自由声音的记忆，是有关健壮男人们的记忆，也是有关勇气与恐惧的记忆。

一个民族是什么?

是他们，那群伊鲁瓦人，也是我们，所有毛里求斯人。他人用暴行夺去了我们对他们的记忆。他们寻找着那些过去的碎片，就在这个过程中，一簇火苗鲜活地跃动起来，那就是他们的灵魂之所在——一个民族之魂。不管身在何处，他们，奴隶的后代，也依然是一个民族。

一个民族的家园是什么？

家园，是记忆，是世上最美的地方。祖先们在仪式上把第一批孩子们的脐带托付给家园的土地，用自己的方式书写下对这片土地的权利。他们在这片土地上日夜劳作，土地滋养他们，以食物回报他们。也是在这片土地上，他们埋葬了故去的亲人。世世代代，传承如此。这就是他们的家园！

* * *

让·罗伊在潮湿的甲板上，躲着风，蜷缩在缆绳之间，远远地避开那些不安分的马匹。这又是英国人的安排：马儿，总是用得上的。

让·罗伊昏昏欲睡。他听见那个满脸皱纹的老亚历山大正喃喃地絮叨着一些难以理解的句子。船舱底部，有人正在哭泣。还有呻吟声不断从舱底传上来。突然，一声惨叫爆发了——"不要！"是西尔维斯特的声音，他在撕心裂肺地大喊着。

原来，是老亚历山大从船边跳了下去。他的身体狠狠地撞击在浪花上。

水手们惊慌失措，赶忙关停所有机器。他们多想看到老亚历山大的身影再次从海浪里出现，然而希望渺茫，毕竟，深海无情。

西尔维斯特想跳下去把老亚历山大捞上来，可船员们拦住了他。大家静静地，注视着海面翻涌的波涛。

老亚历山大的妻子泽菲尔大婶也想要跳下去，追随丈夫而去。平日里，她就是一直追随他的。水手们也拦下了她。泽菲尔大婶扯着头发，两眼翻白。

可是，最终，还是什么奇迹也没发生。老旧的旋桨又开始启动。船再次起航，驶向痛苦之渊。

大家给泽菲尔大婶裹了条毯子，把她带到了舱底。同伴们让她躺在垫子上，这垫子还是湿漉漉的。

泽菲尔大婶大声咒骂起上帝，骂到精疲力竭。忽然，她的思绪开始飘移，想起了自己的婚礼，想起把自己托付给丈夫的那天，想起了她穿着一条漂亮花朵裙子的模样。那是一个举行了盛大的塞卡舞①（Sega）活动的夜晚。

她还记得那条小船，见证了她和丈夫的第一场欢爱，船身被波浪摇得晃晃荡荡……啊！那个时刻！只有他了！

泽菲尔大婶的双眼闭上了。她躺在朋友的怀里，好似睡着了。终于平静下来了吧？可能是的，她的脸上甚至还浮现了一丝笑容……

玛丽在躺在湿漉漉垫子上的人们的身体间隙中穿梭，小心翼翼地走了几步，想要避开舱底那一滩滩"啪嗒"作响的水坑。她盯着儿子斯蒂夫发着高烧的小脸，害怕极了，她不想失去他。

船颠簸着，行驶着。人们似睡非睡。

索朗日尖叫着醒过来，艾维连忙凑过来。

"狗！狗！妈妈，他们把狗杀了！有吉普车！还有军队！我要

---

① 印度洋岛屿上奴隶创造的传统舞蹈。

救我的狗!"

艾维发起抖来,想到自己的小女儿还这么柔弱,却已经历了那么多可怕的场面。索朗日她才是个9岁的小姑娘呀!这会儿,刚刚惊醒过来的她,漂亮的卷发被汗水全部浸湿,那张稚嫩小巧的脸上写满了恐惧。大吉普车的引擎马力全开,发出轰隆的巨大噪声,狗儿们在汽车排出的尾气中挣扎着死去,发出阵阵痛苦的哀号,这一幕又一幕,她怎么可能忘得掉?狗儿们的尸体被英国人扔进大锅里散发的那种味道,她又怎么可能忘得掉?

在把查戈斯人装上船之前,英国人下令把所有狗关进一种被称作卡洛里弗(Kalorifier)① 的烧椰子壳的设备里,然后,他们将一根管子接进壁板,另一端连着汽车的排气管。30多年前,纳粹在波兰和乌克兰大规模使用的,也是这种方法。

* * *

可怜的卑微的民族!

先被囚禁,后被遗忘,再到在穷困潦倒中波澜不惊地活着。

转眼,已经2个世纪……

1783年,一个定居在法兰西岛(Isle de France,此处指毛里求斯岛)的法国农场主把22个奴隶运送到迪戈加西亚岛上。后来,法兰西岛被重新命名为毛里求斯。这些奴隶们大多来自马达加斯加和莫桑比克,他们是在这个岛上的椰子林里劳作的先奴。当然了,他们算什么"人"呢?自然,有关他们存在过的印记也消失了,

---

① 一种传统的当地烧煮设备,用于将椰子壳转化为燃料。使用时,把椰子壳放入金属容器中点燃,燃烧的热量可用于加热水或食物。

仿佛沉入了冷漠的深海，可他们的灵魂却一直留在这片岛屿。190年后，英国人所驱逐的，正是这一批先奴们的子孙后裔。

查戈斯群岛位于赤道以南。由于不受旋风影响，这里椰子的收成总是很可观。奴隶把椰子的壳敲碎，去皮，把果肉收集起来，再晾干，最后由法国人再加工成椰果干。这真可谓是一桩能赚得盆满钵满的生意！

后来，英国人接管了法兰西岛，将其命名为毛里求斯。不久后，英国人废除了岛上的奴隶制，但迪戈加西亚岛上的法国人还照常做着他们的生意。成为自由身的奴隶们留在了这个岛上。锁住他们的链条不过是换了一种形式。从迪戈加西亚岛去往其他有人烟的岛屿，需要非常漫长的日程，这把他们和大千世界久久地分隔开来。

* * *

伊鲁瓦人在沉默中接受了一切。

一个官员递给他们一张纸，上面是印刷好的铅字，还是用英文写的。问题是，伊鲁瓦人一个字儿也不认识。

"在这儿按手印！最下面！"

官员用手指着按指印的地方，干巴巴地命令道。西尔维斯特不识字，也不会写字，官员连看都没看他一眼。

"这个文件可重要得很，"官员说道，"签了它，你们到了毛里求斯就有房住，还有救助金。"

玛丽小心翼翼地把自己的那张纸折起来……

在船上的这个晚上，玛丽发疯似的在舱角的物品堆里找这张

拔

根

013

纸。找到了！她把纸打开，上面的手印还在。这下，她的焦虑平息了一点——这张纸被赋予了天大的价值，什么都没它重要！她感到稍微放心些了，这才靠着艾维躺下，想找点儿热量暖和暖和。

浪花不断击打诺达威尔号的船身，铁皮壳遭受着一阵又一阵猛烈的撞击。在舱底的人们，不得不久久忍耐着这猛烈的颠簸，煎熬着。

* * *

1958 年

弗吉尼亚州，阿灵顿

五角大楼

命运啊，真是造物弄人！

60 年前，一个美国儿童对邮票狂热的迷恋居然后来改变了让·罗伊、玛丽、西尔维斯特等众人的命运，把他们从自己的土地上驱逐了出去。

1914 年，斯图尔特·巴伯（Stuart Barber）刚满 8 岁。他喜欢对照着地图找出邮票的属地，再把它们归类到集邮册里。他发现，很多邮票都来自很小的地方或岛屿，而且这些地方大部分属于英国。

40 年后，也就是 1958 年，彼时的斯图尔特已经是五角大楼的工作人员，他很关注美国面临的战略挑战。第二次世界大战深刻地改变了世界的面貌。沙特阿拉伯的石油、非洲的去殖民化浪潮、印度的独立、中国的雄心壮志、以色列建国引发的阿拉伯世界的愤怒……世界上潜在的紧张关系和冲突如此之多。

美国参谋部思考的问题很简单，那就是美国该如何履行所肩负的"世界警察"使命？在那些远离美国军事基地的地方，美国该如何迅速有力地进行干预？比如在完全没有美国军事力量存在的印度洋上？

使用航空母舰？然而，印度洋区域辽阔，航空母舰的覆盖范围极为有限。另外，这么庞大的海军队伍，如何保证供应？如何运送兵力、武器？

斯图尔特想到了答案。他并非随口乱说，也非灵感乍现，更不是想出了什么革命性的战略构想，他只是循着历史的脉络摸索到了行动的路径。近代史上，美国人经历了惨烈的战斗，从日本人手上夺回了被占领的太平洋岛屿，并把这些岛屿变成了军事基地。最终，美国人成功地在离其港口数千海里的地方建成了一座可供陆海空三军使用的基地。正是这个基地的存在，让美国成功击退了日本。

提尼安岛就是其中一个，是美国人于1944年从日本人手中夺过来的。1945年，携带广岛原子弹"小男孩"（Little Boy）的B-29"超级空中堡垒"战略轰炸机——埃诺拉·盖伊（Enola Gay）号就从这个岛起飞。投掷原子弹的这一天，美国人以这种恐怖的方式向全世界展示了其安置于太平洋岛屿的军事基地的威力。斯图尔特提议，美国应在印度洋上再次采取这种战略。

"当然可以。"有人问，"但是，把基地设在哪？"

问题很关键。在60年代初，世界反美情绪高涨。不可能把基地安置在一个有任何一点轻微政治动荡就随时会迫使他们离开的

拔根

地方。

斯图尔特再一次在自己的记忆里搜寻。

"只要把基地放在一个坚实、忠诚且可靠的盟友那里就行。这个盟友就是英国。"

"究竟哪里呢？"

"迪戈加西亚岛。"这个昔日的集邮爱好者这么回答。

早在 1769 年，法国海军军官拉方丹（La Fontaine）中尉就已经探索过这个小岛了。他发现这个岛位于通往印度的绝佳路线上。"此处的潟湖能够停泊大量船只。"他这样写道。

不过，他的上司们很快就忘记了他的建议。自此，再也没有人考虑过拉方丹中尉提出的战略设想。只能说，他的唯一失误就是虽然眼光正确，但太过超前。

* * *

塞舌尔群岛苏醒了，岛上茂密的森林，连同被海浪打磨的岩石都醒了过来。原来，是他们这群人抵达了马埃岛（Mahé）。诺达威尔号停下了。船上的乘客被疾病摧残得东倒西歪，但他们没有下船的权利。

甲板上飘来的阵阵呻吟声，是从舱底传上来的。一个年轻女人要早产了。女人躺在那脏乱不堪的垫子上，分娩使她疼得胡言乱语。艾维托住她的头为她擦脸。那张疼得扭曲的脸上全是汗水。宫缩可劲儿地折磨着她，她以为自己快死了，不过，还好，最终女人顺利诞下一名男婴。

"就叫他诺达威尔吧！"有人喊了一声。

索朗日紧紧抓住母亲不放。

艾维祈求着上帝，让她回家吧，艾维的哥哥西尔维斯特这会儿连烟也不抽了，害怕得发起抖来。让·罗伊则不安地在甲板上踱来踱去。

伊鲁瓦人失控了，恍惚了。他们的祖先曾经就是这样，而现在的他们，也体会到了被带向未知命运深渊的奴隶们的无助和恐惧。

* * *

1963 年

华盛顿哥伦比亚特区（Washington D. C.）

白宫

约翰·肯尼迪（John Kennedy）总统在椭圆形的办公桌上签署了一封致国防部长罗伯特·麦克纳马拉（Robert McNamara）的公函。肯尼迪总统在信中确认了他的决定——批准在印度洋上建立大型军事基地的计划。他的指令很简单："前进！"

自 1958 年斯图尔特·巴伯提出在迪戈加西亚岛建立军事基地的战略设想后，该计划打动了相当一批人，首先表示赞同的就是海军众将领。

1960 年，美国海军将领与英国海军大臣取得了联系，毕竟，海军大臣知道怎样和唐宁街沟通此事。计划，就此启动。

世界的形势也在推波助澜。1962 年 10 月，中印在喜马拉雅山边境交战。同一时期，苏联海军也在附近的海域巡航。

"从苏伊士运河到新加坡，这片地区整个儿热起来了。"肯尼

拔根

迪的盟友们说道。

1961 年，肯尼迪会见了英国首相哈罗德·麦克米伦（Harold Macmillan），双方签署了一份秘密协议，决定创建一个"战略支撑点"，用于通信和后勤保障，并且出于"某种安全原因"，岛上的居民必须被悉数撤离。

关于这个近乎粗鲁的苛刻条件，美国人是这么说的：这片土地必须被彻底"清扫干净"（swept and sanitized）。

路易港

1973 年

诺达威尔号上

一群黑压压的鸟群扑腾着翅膀,朝天际飞去。

路易港出现在眼帘。整个港口坐落在环港的陡峭山脉的怀抱之中。

伴随着一声尖锐的汽笛声,诺达威尔号入港了。船上散发着阵阵鸟粪的恶臭,挥之不去。货轮跟着港口的引航船,在停泊在码头的大型轮船、驳船和机动小艇之间穿梭。

玛丽靠着舷墙,默默地掉泪。港口岸边,生锈的、被海草腐蚀的栏杆比比皆是。大型码头上堆满了货物,栏杆上则悬挂着旧轮胎。旁边,还有一艘看上去已经破旧不堪的船。伊鲁瓦人从未见过这样的海,如此肮脏,海面漂浮着黑漆漆的油层。他们也从未见过如此老旧的缆绳,像树根一样,盘根错节地缠绕在看不出年份的铁钉和圆环上。

西尔维斯特看向几米开外的地方。一群又一群光着膀子的壮汉,扛着沉甸甸的货物。码头工人将大包的糖码上他们宽大的肩膀。

这些壮汉用一块对折起来的旧抹布顶在脑袋上当作帽子。所有人都汗流浃背。他们一个接一个地，踏过一张已经弯曲变形的木板，把糖包堆在即将离港船只的舱里，再返回码头继续搬运刚卸下的米袋。秩序井然，周而复始——运糖、上板、进舱、运米、上板、码头。他们就这样缓慢而有节奏地移动，如同生活在奴隶时期。

让·罗伊和西尔维斯特久久地注视着这冷酷无情的如机器般的运作。这来来回回、毫无间歇的劳作，疲惫无处诉说，腰板一刻也直不起来。两个伊鲁瓦人默默地看了对方一眼。这个世界如此陌生，和他们的世界毫无关联。

伊鲁瓦人有着自身的苦闷与匮乏。不过，这些诺达威尔号上的伊鲁瓦人并不知道，岸上的码头工人已经经历了长达四年时间前所未有的政治暴乱和社会暴力。种族斗争和大罢工相继爆发，政治领袖和工会领导人也陆续身陷囹圄。尽管如此，工人们还是努力地活着。

这个世界不为伊鲁瓦人所知，正如毛里求斯人也并不知道这群刚靠岸的人，等待他们的又将是什么样的命运。

"我的天堂湖，已经在那么遥远的地方了！"西尔维斯特哀叹着。在"那里"，湖面上铺洒着灿烂的阳光，水面波光粼粼，波浪会在金色的沙粒上轻柔地睡去。

西尔维斯特才下到舱底，立马就上来了。舱底里，全是疾病和死亡的味道。乘客们在污秽的呕吐物和排泄物中度过了整整四天。孩子们发着高烧，呻吟个不停。待在这样的"动物笼子"里，谁不想要出去？现实却是，人只能盯着上方一处狭小的口子。从那望出去，就是天空。大口地呼吸，多么奢侈的向往！

让·罗伊想起了运送黑奴的船。满船的奴隶，被绑在一起，然后再被卖掉。曾经有人告诉他，有些部落酋长也是参与贩卖奴隶的同谋犯。

"他们把我们从岛上赶走，是不是也要把我们卖掉？"让·罗伊心里嘀咕起来。

* * *

1964 年

华盛顿哥伦比亚特区

白宫

这是一间庄严冰冷的房间，虽然有护墙做装饰，但一点温馨之感也没有。巨型会议桌上铺开着一张印度洋地图。围坐周围的，有海军上将，美国海军的高层领导。当然，还有国防部长。现场可能还有总统顾问和中情局人员，以及几名非公职人员。房间没有窗户。这是白宫最大、最机密、最安全的大厅之一，位于白宫的地下室。在冷战正酣之时，这里就是美国领导人商讨世界地缘政治走向，以及美国将要扮演何种角色的地方。

"这个岛地理位置绝佳。"一个军官给众人解释说。

他拿着长条尺的末端，指着一处群岛。

"请看！迪戈加西亚岛就处在维持印度洋秩序平衡的中心点。苏联人现在在印度洋出现的次数越来越多，可我们还在北半球末端。我们已经和英国人在迪戈加西亚岛开展了联合调查行动。"

"结果怎么样？"

一位非公职人员提问道，口音听上去是得克萨斯那边的。

所有人把目光转向林登·约翰逊（Lyndon Johnson）。

"总统先生！此次调查确认了在岛上建立空军基地是绝对有价值的，也能为海军提供港口便利设施和电信基站。"

约翰逊听着，逐一拿起肯尼迪在达拉斯遇刺身亡前处理过的公文。

"那英国方面呢？"他问道，"我们和他们进展到哪一步了？"

问题很关键。

"我方提了两个要求：被选作军事基地的英国领土必须不受非殖民化进程的干扰。此外，出于安全考虑，岛上居民必须被全部迁走。"①

"那么……"总统还在考虑。

"没问题的，"军官肯定地说，"美国国务院已得到保证，英国将保留对迪戈加西亚岛的主权。"

"我们将拥有对该岛的绝对控制权，岛上也不会有任何'活物'，这一点倒是很清楚，但他们打算怎么处置岛上的原住民呢？"

"英国人说，这只是一群流动人口。"

"租约呢？"

"从 1966 年起，50 年。"

"只涉及我方和英国？是这样吗？"

"这片群岛将从毛里求斯的附属地范围中分出去。"

---

① 原文出自 André Oraison, *DIEGO GARCIA：ENJEUX DE LA PRÉSENCE AMÉRICAINE DANS L'OCÉAN INDIEN*, Afrique Contemporaine, 2003, 转引自 Jean-Claude de l'Estrac, *L'AN PROCHAIN À DIEGO GARCIA…*, Mauritius：ELP Publication, 2011。

　　　　　　*　*　*

1973 年

路易港

　　查戈斯群岛被"清干净"了。驱逐行动已结束。岛上再没有一个伊鲁瓦人。

　　诺达威尔号在港口已经停泊了一周。伊鲁瓦人拒绝下船。他们越来越像活死人。被缆绳拉住的这只破烂船，也像极了一艘幽灵船。

　　"我们不想上岸。"

　　这是他们绝望到了顶点后的表达——离开了船，就等于彻底断绝了和过去生活的最后一线联系。

　　岸边，丽塔·班库尔特和丈夫于连，还有他们的孩子奥利弗，以及其他寥寥几个人正等着迎接这最后一批"失根者"。一同来的还有一位牧师，想给这群人带来些许宽慰，但船上的人们，既没有倾听的欲望，更没有回应的力气。

　　几年前，班库尔特一家和其他人一同来到了毛里求斯，本来只是想待上几个星期，治疗好小女儿被小推车压伤的脚就回家，可不幸，小女儿的脚生了坏疽，才刚到达路易港，小女儿就去世了。雪上加霜的是，奥塔德办事处（Bureau Autard）① 提供的几个毛里求斯卢比的资助也暂停了，悲痛中又增添了绝望，最后他们还被告

_____

　　① 　该办事处专门负责管理查戈斯群岛椰子种植开发公司的经济业务。

知，再也不能离开毛里求斯了。

这天早上，小奥利弗靠着妈妈的腿在岸边等待。他才不过四岁的年龄，却已经作出了人生第一桩宣誓。

"妈妈，"奥利弗许诺说，"有一天，我一定把你带回咱们家。回到佩洛斯-班豪斯岛。"

说起奥利弗的父亲于连，早前他就不堪忍受这漫长的回乡的等待，不仅病倒了，还落下了残疾，整个人也变得落魄失意。

伊鲁瓦人最终还是让了步，他们下船了。每个人肩扛大包小包、背着蒲草垫子等各种家当，步履蹒跚地走着。这支可怜的队伍！从舱底走出来的孩子们惊恐万分，仿佛刚踏出洞穴的困兽，眼睛已经受不了刺眼的阳光。索朗日精疲力竭，靠在舷梯上。玛丽莲紧紧地抓住栏杆的扶手。玛丽一手拉着儿子，一手还抱着一个生病的婴儿。

然而，并没有为这群人准备什么。

他们被漫不经心地对待，被人领着穿过首都破旧的郊区，最终到达布瓦马尔尚的工人聚居区。这种地方，没人相信能盖得了房子，居然有一座座阴暗的平房连成一片。这些平房是沿着一处巨大的墓地边缘盖起来的，是为那些台风过后无家可归的人搭建的棚户屋。随处可见错杂的坟墓、殡仪馆。这里还是瘾君子和小偷的巢穴，也是红灯区所在地。

"这儿真是一处'活人墓地'啊……"伊鲁瓦人窃窃私语道。

自此，"地狱旅程"开启。破板房早就被独立后的社会边缘群体占领了，连山羊也跑去那里落脚。没水也没电。游荡的鬼魂没准倒是会有，他们这群来自岛上的流民却无处可去！

"我想离开这儿!"艾维大喊起来。

让·罗伊晃着手上那张住房证明,说道:"你们保证了有房子住!这白纸黑字不是写着嘛!"

"是的,"官员冷冰冰地回复说,"这就是你们的房子!就是这里!"

他给伊鲁瓦人指了指贫民窟的某个角落。

艾维哀求着说:"请给我们找个别的地方吧!我的孩子们会死在这儿的。"

官员早已转身离开。

让·罗伊和艾维只得重新出发,最终在港口的南部——卡西斯的贫民窟中住下,住在一个叔叔家里,一大家子人,连同叔叔的孩子们一起挤在两间狭小的房间里。不久后,他们租了一个小房子,带着索朗日挤在一起。

西尔维斯特和拉斐尔拒绝住在这个"活死人之地",他们也去了别的地方。拉斐尔住在北边的罗什布瓦,西尔维斯特住在路易港另一边——卡西斯。不管是哪里,到处都是破旧的棚屋和人挤得密密麻麻的贫民窟,好在他们还是找到了一些亲戚,这样一来,一贫如洗也没那么难受了。但也只不过是没那么残酷而已。

在这之后,英国人和美国人脸不红心不跳地对外宣称,伊鲁瓦人已经被安置好了,而这句话,将不会是他们撒过的最小的谎言。

钱呢?

没钱。

为了活下去,似乎还有一个地方可以去求助——路易港中部首榭(Chaussée)大街的社会保障部。伊鲁瓦人一到这里,工作人员立刻知道了来和自己打交道的是谁。毕竟，他们早就习惯和穷人来往了。西尔维斯特、让·罗伊、艾维和玛丽的脸上看不出半点儿贫苦的样子，但倒能让人读出恐惧、迷惘与痛苦来。这一行人才刚领到几个毛里求斯卢比，就又要支付出去几个子儿，交付各种行政款项。

这点儿钱，是维系不了多久的。

伊鲁瓦人不会处理金钱。在迪戈加西亚岛、佩洛斯-班豪斯岛和萨洛蒙岛，大家都是以物易物。他们有大米、面粉、油、酒和肉的配给簿，在小块土地上种蔬菜，养一些羊和鸡，有时候还养一头牛，当然还养鱼。

那收入如何呢？男人的劳动所得少得可怜，女人的收入更是只有男人的一半。不过再怎么说，几天假期是有的，也可以来毛里求斯治病。从岛上出发到路易港的行程是免费的。至少在那个时候是这样！

但是现在，他们又是谁？不过是一群不被人待见的边缘人罢了。让·罗伊说得对，伊鲁瓦人在哪儿都没故乡了，是无根之木，无源之水。给他们安排生活的地方，是一个只会令他们迷失的地方……

* * *

伊鲁瓦人只得相互依靠，抱团取暖。第一批流放者告诉新来者，他们五年前到达了毛里求斯，后来却发现在这样一个被承诺为宾至如归的地方，他们变成了不折不扣的异乡人。

先来的人向新来的人谈起路易港报纸上的一篇文章。标题是

《他们的岛被卖了!》。

费尔南·曼达林是在去往毛里求斯的船只甲板上得知这条消息的。那时,他正打算把老婆和儿子带回查戈斯群岛的老家。他还不知道此行有去无返,后来到了毛里求斯,他们就再也不被准许离开。20多个家庭都是这样,在毫不知情的情况下踏上的旅程。

费尔南给大伙儿解释了一下形势。他们来的时候正是大崩溃大混乱时期,政治家、各族群都深陷运动的浪潮。毛里求斯政治分化成同盟派和反对党两股势力,独立运动让毛里求斯人之间产生了对立。1967年的选举也即将开始⋯⋯

"那个时候," 费尔南说,"我一直搞不明白状况。我在甲板上遇见了一个叫'楠'的码头工人,他是个个儿很高的罗德里格岛人。那会儿他正要去开会,他给我们说印度裔很危险,还说要变天了,我们最好跟他们一起。"

"我们刚到毛里求斯," 另一个说,"什么工党、党派、议员、政府、印度裔、杜瓦尔,还有拉姆古兰①,就是那个争取独立的领袖,我们一无所知。"

"大家挺害怕的," 费尔南接着说,"烟草店的墙上贴着一张画,画上有个特别瘦弱的小孩,那么瘦巴!下面写着一行标语:独立=饥荒。"

费尔南不说话了。他讨厌想这些事儿。他一辈子都在承受这种痛苦。

---

① 西沃萨古尔·拉姆古兰爵士(Sir Seewoosagur Ramgoolam,1900年9月18日~1985年12月15日),毛里求斯的独立运动领袖,并担任毛里求斯首任总理。——译者注

"那倒是真的!"还有一个人接着发言说,"我们确实害怕得不得了。"

"1968 年,路易港就爆发了暴力事件!"费尔南讲到了帮派间的火拼,数不胜数的强奸案、抢劫案,还有一百多户家庭纷纷逃离他乡。

"政府甚至把英国士兵给召来了,"费尔南说,"他们乘飞机从新加坡过来。还有人死于暴力事件。官方说死了 30 多个,但实际可能更多。最后政府强制执行宵禁。到 3 月 12 日,就是独立日了。"

费尔南突然停顿了一下,长叹了一口气,低下头又继续讲。

"对其他人来说,独立日是个节日,有烟花,多壮观啊!但对我们来说就不是那么回事儿了。这种快乐是我们的痛苦,是对我们的不公平……"

"不过还是有可能改变的。"某个人插了一句。

"是啊,"费尔南表示同意,目光又明亮起来,"是可能改变的。有这个可能。去年圣诞节前就发生了点情况。那天早上,我跟一个伙计在港口上找到了一个活儿干,我们就发现其他码头工看起来都挺高兴的。所有人都你看我,我看你,笑嘻嘻的,就好像准备讲一个好玩的笑话,但谁也没说话。我那个伙计似乎认识几个工会的积极分子,他就走过去向他们打听情况。这些人也看起来挺开心的。过了好一阵子,他们才跟我们低声说,有个人尽皆知的新消息,只不过大家不能大声讲出来罢了——保罗和其他头头儿要给放出来了!"

诺达威尔号的伊鲁瓦人围在费尔南身边静静地听着,一字不落。

"保罗是谁?"艾维问。

"保罗·贝朗热,是一个年轻的政治家。他跟几个激进分子被关进监狱好几个礼拜了。"

费尔南滔滔不绝地说着,说那个贝朗热参加过法国1968年的五月风暴,他和其他几个头头们后来成立了毛里求斯激进运动组织,简称战斗党,把整个工人阶级和年轻人全给调动起来了,他们成立了工会,还在工厂、码头组织了大罢工。要知道,码头可是岛上的经济支柱,多少人靠码头吃饭呢。这下政府只好把士兵招来了,让士兵干卸货的活儿。

随着运动的发展,公共交通遭到了破坏,乡村也受到了影响。卡西斯的公交车本来就不多,破坏分子还向车里扔石头。制糖厂也开始罢工了,这可是多年来的头一次。

"街上还出现了一些与警察的冲突,"费尔南接着说,"我好几次都闻到催泪瓦斯的味儿了。"

事情愈演愈烈,政府颁布了紧急状态令,开始无情镇压战斗党。保罗·贝朗热,还有一些政治领袖和工会领导都被政府采取强硬手段给关起来了。报纸受到严格审查,选举被推迟,活动家转为在地下行动。

这些都只是一个开始。一个灼热的年代开始了。

保罗·贝朗热27岁那会儿就已经有了革命家的潜质。他人很瘦,褐色皮肤,留着小胡子,头发很长,口才极好。那个时代,卡斯特罗的革命战友——切格瓦拉正是大众的偶像。贝朗热虽不抽烟,也不戴革命标志的贝雷帽,但人们却从他身上感受到了切格瓦拉的气质,这种气质不仅仅是一种外表的相似。保罗确实非常有个人魅力，这是难以掩饰的。

保罗在出狱后重返战斗党。他和 47 岁的政治家阿内罗德·贾格纳特见了面。贾格纳特曾担任部长，后来加入了战斗党，在该组织领导人被拘禁的那段时间里，他起了非常关键的作用。

贝朗热和所有人建立了联系，"失根者"们也不例外。一名个子小小的，但性格十分坚强的女性向贝朗热展示了"失根者"们的形象，向他倾诉了他们的遭遇。这个女人就是莉塞特·塔拉特，是活动分子提·穆瓦尼克介绍给贝朗热认识的。莉塞特是个棱角分明、头脑活跃的女人，她知道如何吸引别人的目光。她的记忆力无懈可击，声音清亮而有穿透力。

莉塞特选择了合适的用词和语气，对贝朗热说：

"你们要动员起来。伊鲁瓦人的斗争也应当成为你们这些政治领袖的斗争。"

贝朗热耐心地听着，了解到这些"失根者"的遭遇，在此时此刻以前，"失根者"经历了什么，其实无人知晓，也无人想要倾听。贝朗热被这个女人说服了，他承诺会行动起来，会为伊鲁瓦人的权利而斗争。

* * *

在查戈斯群岛的时候，伊鲁瓦人要么像西尔维斯特一样在椰子林工作，要么像让·罗伊一样捕鱼，要么像拉乌尔，也就是费尔南的父亲一样，做锅炉工。

可是路易港既不需要锅炉工，也不需要渔夫。每天早上大批失业者聚集在移民广场，围在破旧的公交车跟前。售票员报站的声音被这一片熙攘喧嚣声盖住了，连街头小贩的叫卖声也被压住了。

光着膀子的司机助手拉着货物装车，卡车早已不堪重负。西尔维斯特和让·罗伊尝试着想找份白天装货的工作，但卡车司机们对他们这些岛民嗤之以鼻，听到他们的口音，也压根儿瞧不上。最糟糕的是，他们有时候还得给工头付钱，才能干上一份没人想干的苦差事——搬运体量巨大的水泥袋和货物箱。在岛民心里，成为码头工是最好的，成为普通的搬运工也行。

夜晚，大家一路步行走回卡西斯。费尔南还要经常帮助老父亲在几公里外的地方卸煤。有时候天晚了，要是老板忘记把他们送回去，他们就只能徒步 10 公里走回家，走到精疲力竭。

以往，在"那里"，周六晚上，西尔维斯特会喝点用黑扁豆、大米或谷物酿成的小酒——巴卡酒和蒙波酒（一种他们的"红酒"）。平日里他可是千杯不倒，但这个晚上，他和让·罗伊一起喝了些劣质朗姆酒，这样，他的记忆就可以沉睡，就可以不用去想迪戈加西亚岛，也可以忘掉自己半死不活的身体。

在这儿，他们就算折弯了脊梁，也一声抱怨都发不出来。

"在那至少吧，还可以反抗，"他说，"你还记得吗？我父亲那个时候，头头儿想让我们吃劣质米，结果整个椰子林都罢工了。没有椰子干了！总管害怕了，找来了法官，还在瓦西马林岛搞了一个监狱……"

让·罗伊怎么可能不记得这件事呢？可是现状不是一个抗议与否的问题，也不是什么情绪问题，而是他们被剥夺了工作、土地和历史之后寻求工作权利的问题，这涉及对人的尊重，是能够体面生活的权利问题。

玛丽在甘蔗地里工作。她疲惫不堪，腰快断了。她靠在运送甘蔗秆的卡车上，顺便躲避直射的阳光。

"在佩洛斯-班豪斯岛，"她对监工的工头说，"取椰子肉可容易多了。我的丈夫拿一个锋利的大勺子（cuillere）把它们劈开，然后把壳打破堆起来，去掉壳，果肉就出来了。椰汁就顺着槽沟流出去。"

"我们这里种的是甘蔗。"工头强调道。

"我对我干过的活儿还是很满意的。用那把木萨那（mousana）双刃刀，一天能剥700个椰子。"她骄傲地回嘴。

"我们这儿种的是甘蔗。"工头又重复了一遍。

"好吧。我们岛民干那行都100多年了。"

她拿起大砍刀，愤怒地击打起来。甘蔗地里的阳光灼热。回家时，人累得瘫成一团。

艾维在一个混血家庭做起了女佣。这天晚上索朗日有点担心，父亲外出捕鱼了，母亲很晚还没到家。终于，艾维可算回来了，人喝醉了似的，头发也乱蓬蓬的，衣服破了几处。一到家，她就开始疯狂地清洗自己的身体，牙齿咬得咯咯作响。过了好一晌，她才打破沉默开始说话。

"混蛋！老板是个混球！他把我扔到床上，我用尽了力气挣扎才逃了出来，一路跑回来的！"

艾维热泪滚滚。索朗日感到窒息，她难过极了，突然明白了母亲遭遇了什么。

"这个混球恶语伤人，说我是伊鲁瓦的婊子！"

最终，艾维睡着了，身上疤痕累累，兴许，梦里她还能寻着一丝慰藉。她整个人蜷成一团，就和昔日在船舱底待着的时候那样。

睡前，她向索朗日祈求道："答应我！千万不能告诉你父亲！"

这是母亲和女儿之间的第一个属于女人的秘密。

痛苦，总是与沉默相伴。但如果喊出来，痛苦就一定能被听到吗？

直到目前，艾维还没有遇到其他伊鲁瓦同胞。这些同胞不仅包括班库尔特一家，塔拉特一家，还有所有那些像浮游植物一样被一波波浪潮冲到海岸上的人们。没有人注意到他们。他们不过是在历史的偶然中，被浪花带到了一个全然陌生的海岸。

第二天醒来，艾维知道，她还会一直痛苦下去。时间在流逝，生命在流逝，她的生活被夺走，已经整整一年了。她没有救助金，孩子们也病了，她是医院的"常客"。

艾维来到社会保障部，迎接她的是一脸傲慢的工作人员，对她不屑一顾，其中一个职员谈起了安置伊鲁瓦人的一百万毛里求斯卢比。一百万卢比……

一百万卢比是什么？当每天连养孩子的那点钱都拿不出来的时候，一百万卢比又在哪里？

柜台后面的工作人员数了几张钞票，很不屑地递给了艾维。她受够了，一把将钱扔到对方的脸上。

"到伊鲁瓦人上街游行的时候了！"她大喊起来。

忧 伤

索朗日沿着卡西斯长长的墓地带走着，一头漂亮的瀑布般的卷发松散地垂在肩头。她是个高个子姑娘，穿着一身旧校服，裙子早已不合身了，上衣也是补了又补的。

贫民窟排在高速公路两旁。大家族的石头坟墓气派地耸立在山坡上。一条水渠把脏水汩汩地排入大海。

小道沿线的房屋里里外外全是裂缝，尽是一派贫苦模样。鹅卵石海滩光秃秃的，没有椰子树，也没有木麻黄树，有的只是垃圾碎屑。老港口扔掉不要的东西，浪花又把它们带到这里。这儿的树看起来也都一副营养不良的样子，土是红色的，杂草丛生。这个街区，连同那个用回收废品改造拼接成的破烂屋子，是索朗日想要逃离的，再也不想回去的地方。

在佩洛斯-班豪斯岛，不管怎么样，就算只有一间教室，索朗日还是能感到自由。但在这儿，她对学校喜欢不起来，因为她没有朋友。玩捉迷藏的时候，这些小伊鲁瓦人只能待在角落里。大家给她起了个外号，叫她"岛上的克里奥尔人"。艾维倒是把所有的希望都放在索朗日的学业上，但父亲让·罗伊则希望索朗日去工作，这样好歹能多挣一份工资回来。

一个女孩，一个男孩，有着相似的命运轨迹。他们都在社会的边缘，都在成功之路的岔道上。索朗日和奥利弗在孤独中不知所措。

奥利弗也一样，默默承受着萨林学校的同学对自己的讽刺和挖苦。每次上学的时候，他总会路过皇家中学。这个学校更现代，是个精英学校。他梦想有朝一日也能在这里上学，但这意味着他现在必须走出贫困的深渊，可怎么走出去呢？这个想法简直就是天方夜谭。

奥利弗在学校里受尽了侮辱，于是他选择和其他孩子们一同躲在坟地里。坟地就是他们的世界。这是死人的地方，却又是他们的游乐场：只要一个硬币，他们就给前来为陵墓献花的游客水壶里装满水。

索朗日认识那些制作墓碑的工人。那些最漂亮的陵墓都是属于华人家族的。孩子们会窥视着那些富裕人家，因为他们来的时候总会按照习俗给陵墓摆上一些食物。饥不择食的孩子们有时会拿这些本不能吃的食物充饥。艾维和丽塔禁止索朗日和奥利弗去碰这些东西，可总有些小孩子会忍不住去吃，食物中毒的情况时常发生。奥利弗的亲哥哥就是这么死的。

看看那些岛上来的孩子们吧。他们在沙滩上闲逛，心里却无比思念着自己的家乡。那美丽的岛，那失去的家园，熟悉的影像一帧帧浮现在脑海，乌龟会在沙滩的沙子里挖洞产卵。可现在，他们只能远远地跟在那些缓慢驶进驶出港口的威风凛凛的大船后面无所事事。他们还不会定义自己此刻的所思所感，但不久后他们就会了：这是一种无可名状且挥之不去的阴霾，是一种感觉，一种失去了曾经所拥有的或者被许诺会拥有的东西的感觉。

忧
伤

这，就是"忧伤"。岛民们如是说。他们永远地失去了所拥有的一切：呼吸的空气、天空的颜色、风吹动的声音、消失在灰烬中的家园，还有被杀死的同伴——狗儿们。

这，就是"忧伤"。它什么也不是，但它又是全部的全部，一切的一切！

莉塞特·塔拉特将成为伊鲁瓦人抗争中的一位重要人物。很快，她将会感受到体内生发出一股反抗的力量在召唤着她。在她被禁止返回迪戈加西亚岛之后，她失去了一个孩子。

"我给这个孩子喂奶那会儿，"她讲述道，"我想，我给他喂的是忧伤的奶水。"①

"我的另一个孩子也没了，"她接着说，"他才 8 岁。虽然他感觉到发生了些什么，但他理解不了。他很忧伤。医生们也不知道该怎么治疗忧伤。"

孩子们承载不了这种忧伤，尤其是这种来自父母的深重苦痛，一个垮掉了，另一个在痛苦中挣扎。

奥利弗不堪重负。生活的危机接踵而至。父亲于连再也下不了床了，开始胡言乱语，天天念叨着第一桩婚姻的失败，让他的大儿子成了瘾君子。

本来就悲剧般的人生，再加上被流放的生涯，简直不能再苦了。

后来，于连也死了。

忧伤尚未翻过页去，葬礼一桩连着一桩，奥利弗失去了自己的

---

① 这段叙述为纪录片《窃国者》（*Stealing a Nation*）中莉塞特接受澳大利亚记者约翰·皮尔格（John Pilger）的采访片段。该纪录片于 2004 年 10 月在毛里求斯第四频道播出。

三个兄弟。他虽还有一个姐姐，但她也和其他年轻姑娘一样，绝望又失意地活着。

每当看到父母在抑郁中挣扎的模样，听到他们不断絮叨哭诉着自己被扔进这地狱的苦痛，孩子们就更快地成长了。这一点是毋庸置疑的。每当看到亲人们死去，沦为酒鬼、瘾君子、妓女，孩子们就又更快地成长。对这些孩子们来说，别人的一年是他们的两年。那些本不属于他们这个年纪的词语他们统统体味了个遍：挫败、剥夺、蔑视、孤独、忧伤、痛苦、绝望。"忧伤"，很快蔓延到他们生活的各个角落，将他们团团包围，把他们的世界堵得严严实实。

询问他们的年纪几许是没什么必要的，索朗日和奥利弗他们自己都不清楚了。学校能否教教他们数一数自己的童年被剥夺了多少，光阴被浪费了多少，还有那些从未庆祝过的生日的年岁有多少？

一贫如洗是生活常态。让·罗伊，西尔维斯特，还有一些人接连投入了酒精的"怀抱"，但即便如此，忧伤也得不到半分缓解。他们都很清楚这一点，即便他们喝得实在是够多了。

一些人疯了，癫了。索朗日的老舅舅林肯常年待在精神病院接受电击治疗。在那儿，没有人知道怎么医治忧伤这种"病"。人，就这样死掉了。

还有那么一些人，在迷惘着，虚无着，蜷缩着，不知所措，思绪游离。

* * *

1975 年

卡西斯，杰维斯（Gervaise）飓风

卡西斯的大榕树倒下了，被飓风打败了。几十年来，它扛过了各种各样飓风的袭击，但这次可怕的杰维斯飓风却把它给摧毁了。人们清理了它粗重的树枝，把马路打扫干净。不过，整个景观被破坏殆尽。

玛丽家的铁皮墙被飓风刮跑了。让·罗伊家的房顶也被一棵巨大的木麻黄树砸塌了，狂风从墙缝猛烈地钻进来。大家都在祈求神灵保佑。伊鲁瓦人坚定地相信，正是神灵显灵，他们在迪戈加西亚岛用棕榈树叶做屋顶的房子才能自始至终免于飓风的破坏。

丽塔家灌进了泥。孩子们缩成一团，挤在泡湿的床垫子上。奥利弗紧紧靠在正在跪着祷告的母亲身边。西尔维斯特的小房子扛过了飓风袭击，房子的主体还在，但厨房和外屋已经被卷走了。

晚上，他们去小学校园里躲避，不停歇的风暴和倾泻的雨声把他们吓得够呛。拂晓时，风雨住了，太阳也出来了，但炎热、疾病、蚊虫也不期而至。艾维和索朗日疲惫不堪。她们相互帮忙着把家里积的水往外赶。

"简直就是地狱！"她们叫喊起来，手指向天空，"老天爷都发怒了！"

自然被破坏了。奥利弗发起了烧。玛丽莲得了肠胃炎。索朗日和玛丽莲在一间被水淹过的教室里过了一夜，这种地方居然也能成为避难所！政府给在这避难的人发了罐头、床垫和被子。莉塞特和其他几个家庭躲在临时搭建的棚屋和营房里。政府还向停泊在港口的外国船只求援。

还要好几个星期才能修复公共水源和电力系统，不过生活还是要一步步地回归正常。所谓的生活！

然而，抗争的时刻，已经临近了。

忧
伤

三个女人

　　过去，伊鲁瓦人是一群无名无姓且无人知晓的人，但现在不一样了，他们有了精神领袖。这是三张面孔，三个女人，三种强烈的意志。整个国家马上就会认识到这一点。莉塞特、丽塔和查尔斯雅冲到了最前线。她们做好了一切准备，决心不受任何人的干涉，也不被任何人收买利用。

　　她们承担着自己的那份痛苦与悲伤。

　　莉塞特的孩子死了，生活被撕得粉碎。她万念俱灰，飓风的到来又给她添上一笔苦难。杰维斯飓风把泥灌进了家门，而她出生在迪戈加西亚岛的一纸证明，也就此消失了。当被剥夺得一无所有的时候，人还能干些什么？

　　莉塞特和丽塔没有垮掉，她们振作起来，走上了查尔斯雅的道路。查尔斯雅有一股强大的气场，她身材丰满，头发厚而浓密。她的身形与纤细瘦弱的莉塞特和丽塔形成了鲜明的对比，但这并不妨碍她们身上迸发出相同的能量。查尔斯雅是 1968 年来路易港的，比班库尔特一家到达的时间稍晚一些。这个健壮的 30 多岁女人是一个领头人，一个慷慨激昂的斗士，是代表"那里"发出的声音。三个女人从彼此的性格中汲取能量，互补，互助。

　　艾维急不可耐地喊了出来："上街游行示威的时候到了！"

于是，她们三人出现在了街道上。

指令：饥饿罢工。

方向：位于总理府旁的公司花园。

*   *   *

这个花园是法国殖民时代的标志，是印度公司遗留下来的旧址。花园有漂亮的栅栏，栅栏外面是浮桥和铁链。此处巨木林立。百年古树的藤蔓延伸到了地面，又孕育出新的枝木，树顶似乎把天空都撑起来了。

道路的中心点矗立着一个漂亮的雕花喷泉，旁边是一座带栏杆的有着克里奥尔式屋顶的亭子。

这个花园将成为他们斗争的"舞台"和见证者。

一开始，由查尔斯雅、莉塞特和丽塔向英国高级官员提出申诉。官员的办公室就在花园对面。她们要求重返岛屿的权利并索赔一笔经济赔偿款。

接着，她们排成队列，通过路易港中心的首榭大街，向市政府和武装广场行进。她们想通过此举向总理传递一个简单明了的信息：

"毛里求斯政府以卖掉我们的岛屿来换取国家独立。我们这些被驱逐的人理应得到毛里求斯政府的正当赔偿。"

但当她们要求要进入大楼办公室时，却被告知电梯故障。事实上，这是故意为之，就是为了不让她们进去。

街上，愤怒的人群在等待着会面的结果，但会面压根儿就没有进行。当这三个女人走出来的时候，紧张气氛骤然升腾。防暴队拿着警棍与盾牌，严阵以待。

防暴警察开始扔催泪弹，浓密的烟雾四散开来，想要把示威者赶走。艾维开始惊慌起来。有一个孩子窒息了，他吸入了毒气，眼睛被灼伤了。这种疼痛是他从来没有体验过的。一个警察给妇女们指示怎样缓解痛感："拿两条手帕，一条干的，一条湿的。"说完他就走了。斗争，还在继续。

查尔斯雅和她的同伴们坚持了 12 天。第一场饥饿罢工的代价惨重。然而，抗议的规模还是越来越大。她们比从前任何时候都要坚韧顽强。

* * *

1976 年 11 月
还我迪岛！

一辆破旧卡车的货台成了保罗·贝朗热和阿内罗德·贾格纳特的舞台。战斗党政党开始了竞选宣传。政治事件一个接一个。11月，总理宣布举行立法选举。

"我们为独立付出了什么样的代价？"贝朗热满脸通红，热血偾张，"就是放弃迪戈加西亚岛吗？"

"还我迪岛！还我迪岛！"

原本的一桩诉求，现在演变为一个政治口号。每次集会，伊鲁瓦人都会有节奏地喊起这句口号，手上挥动着大字标语。除了这句口号，旁边还有要求"得到尊重""受侵害的权利得到承认"等标语。

"我们被当作山羊一样卖掉了!"他们说。

整个竞选过程中,贝朗热和贾格纳特对政府发出了质问,底下民众群情激奋。

"还我迪岛!"

"经济赔偿呢?安迁呢?什么都没有!"他们吼叫着说,"政府什么都没做!"

西尔维斯特和让·罗伊重新找到了一个活下去的理由。他们开始贴海报,还想贴得越多越好。白天,他们在临时搭建的讲坛上,晚上则在伊鲁瓦人中间,向大家讲述贝朗热强有力的声音和贾格纳特的真诚,说这些人意志坚定,在从城镇到乡村的竞选宣传中,说他们承诺要承担起为伊鲁瓦人发声的这份事业。费尔南听完,说了这么句话,里面居然用到了伊鲁瓦人好久不用的词。

"这就是我们要的新希望,"他说,"也是一种出路。"

然而当选票计数出来的时候,西尔维斯特和让·罗伊的热情瞬间变成了苦涩。

"没有出路了……"他们喋喋不休地说。他们再也不知道上哪儿去寻找他们的未来了。

战斗党成了国家第一大党,但拉姆古兰成立了执政联盟。

艾维叹着气,"我们这儿还是什么也没改变。什么都没有!既没有赔偿,也没有房子住。日子还是老样子……"

"我们到这儿都 5 年了,他们什么也没帮过!把我们放在市政府旁边就不管不顾了,从来没在卡西斯或是罗什布瓦见过一个部长。把我们丢在这,人家转身就走了。句号!这就完了!"玛丽接过话茬说。

在准备选票箱和标语的时候，伊鲁瓦人也没有闲着。竞选宣传把他们的诉求变成了一场斗争。查尔斯雅、莉塞特和丽塔也不是孤军奋战了。大家都看到了她们的决心。

"就是这几个女人把整个社群给动员起来了！"埃利·米歇尔这么说。埃利是与各种苦难斗争的斗士。她和哥哥西尔维奥一起帮助穷人发出声音并行动起来。他们成立了兄弟会，给穷人以支援。当伊鲁瓦人的抗争需要资金的时候，她不惜把自己的家产抵押出去。

在莉塞特和查尔斯雅带头游行的时候，米歇尔的兄弟们也一直在旁边组织安排。他们和其他人一样，热心投身于伊鲁瓦人的事业，不离不弃。

游行队伍的第一行里还出现了一个新鲜的面孔，那是 75 岁的有着钢铁般意志的奥利芙·柏萨志。妇女们把所有人都招集起来了。在有的街区，人们把狗放出来冲向游行的队伍，即便这样，这些女人们也毫不退缩。她们勇敢地迎上去，勇气令人瞩目。

游行吸引了大家的注意，最终政府决定统计查戈斯群岛原住民的数量：此前英国人支付了 65 万英镑"购买"了良知，然后悄无声息地把伊鲁瓦人驱逐了出去。

"当时说用这笔钱做赔偿！这是保证了的！"人们说。

可是这些话只能当耳旁风。只有 1968 年以后待在岛上的人才能领取一点微薄的赔偿，大部分伊鲁瓦人连钞票是什么颜色都不知道……

"300 个家庭受到牵连，1000 多人无依无靠，必须要重新计算人数。"查尔斯雅抗议道。

新的就地绝食抗议开始了。抗议的地方就在路易港北边出口的地方——立什岱尔郊区的一个同伴家里。一块篷布搭在树间,这就成了庇护所。

第三天,查尔斯雅面色发白。埃利、西尔维奥还有另一位活动分子林赛·科朗都劝她停止绝食。查尔斯雅答应了,但也承诺很快就会重新开始。

运动一个月之后又开始了。

"罢工是不会停歇的!"人们很坚定地说。

战斗党在卡西斯借了一块地方,保罗·贝朗热躺在其他罢工者中间,开始绝食抗议。潮湿的地面光靠几块纸板垫着,很快纸板就被踩烂了。莉塞特、丽塔和奥利芙·柏萨志丝毫没有动摇,很快就脱水了,虚弱无比。然而她们的目光依然坚定不移。她们的家人、朋友、同道,还有一些被传言吸引来的人都纷纷前来看望她们,鼓励她们。

"赶紧给她们治疗!越快越好!"大家这样说。

查尔斯雅和莉塞特拒绝了。

"我们要继续斗争,要坚持下去。"她们这样说。

这些声音,尽管微弱,却震耳欲聋。声音传到了政府大厅。总理召开了紧急会议。终于,是紧急的了!拉姆古兰发怒了,"你们竟然让一位 75 岁的妇女绝食!这是拿她的命开玩笑!"

但总理也清楚,愤怒是不合时宜的。这些冒着生命危险也要抗议的妇女之所以这样做,是因为她们的政府多年来对她们不管不问,关闭了希望的大门。他投降了。

"会有委员会重新统计人数的。"他说。

政客们喜欢"委员会"。这下，统计开始了。最初估算的约700个原住民，一番统计之后，数字变成了5000。除了那些被驱逐的人之外，算上在毛里求斯岛出生的孩子们的数量，人数就大为可观了。当然，其中还有一些毛里求斯人弄虚作假，把自己也算作原住民统计了。

"这一点也不诚实！"被流放的人们抗议道。

然而事已至此，现在问题是给每人发放7500卢比。政府需要多拿出2000多万卢比，还得借款900万卢比才行。

第一笔赔偿款①主要让入不敷出、急不可耐的伊鲁瓦人偿清了欠债，购置了一些家具和生活用品。

政府的付款行为引发了一场大混乱，原因是政府虽然名单在手，但很多伊鲁瓦人并没有身份证，只好临时制作。查尔斯雅负责分辨真正的受益人和冒牌货。她看到很多人来自"那里"，还有萨洛蒙岛和佩洛斯－班豪斯岛的面孔。这些都是她所熟悉的，但也很久没有见过了。

莉塞特收到一笔微薄的补偿。她想买一处小房产，但这笔钱实在太微不足道。孩子们有权领取一笔1000卢比的赔偿金，也是少得可怜了。于是，她去见了西尔维奥·米歇尔，给他展示了那张承诺会给他们安置房的文件，他们还在上面按了手印，可是这压根不起什么作用。西尔维奥竭尽所能地帮助她，还借给她一笔钱，足以让她买下一个小房子。

_____

① 于1978年支付。

西尔维斯特拿钱还了账单。丽塔有些积蓄，但也持续不了多久。和其他人一样，她很快也要陷入穷困潦倒的境遇之中。艾维勉强能养活一家人，还能送索朗日去上学。这笔钱对她来说是个宽慰，是一口活命的空气。让·罗伊还是闷闷不乐，大口地喝着朗姆酒。

还有一些人，则什么都享受不到。有300个伊鲁瓦人一个子儿也领不到。一些妇女决定在公园再次举行绝食抗议。

他们搭起了一个可怜的小帐篷挡风遮雨，地上铺着几张纸板，这样勉强能舒适点。不过他们可并不孤独。园子虽被封锁了，现场还有大队警察和士兵守着，这招致了大批人群去街上抗议，当局在事件中的反应不愧为一个专制政权所善用的手段。

国家安全局副局长也在现场。这个国家警察部门也渗透到此次运动当中，恐吓，造谣，什么手段都试过，试图破坏示威者的团结之势。疯狂的谣言传开，说查尔斯雅要号召大家停止示威活动。

"他们就是千方百计想诋毁我，毁掉大家对我的信任。"查尔斯雅抗议道。

在秘密警察的介入下，一些人离开了，但还有50多个最顽强、最坚定的斗士在查尔斯雅的挽留下决定继续抗争。

副局长铁了心要破坏抗议活动，他留在了现场。但双方都不让步半分。凌晨一点，艾维还在挑衅警察。警察认为他们可以通过消耗示威者的精力取胜，但查尔斯雅压根没有将这些穿制服的人放在眼里。

时间一点点过去，拂晓了，鸟儿们欢唱起来。第一批好奇的路人经过，然后离开。他们仅仅是好奇而已。

　　早晨6点，示威者堵住了荷精路。埃利·米歇尔本想去圣心教堂临时歇息，但牧师拒绝示威者进入教堂前的广场。

　　游行队伍再次出发。向着附近的监狱行进。他们想着即便在那里被捕入狱，他们也会继续高喊口号。即使在高墙内，他们也想让这声音被所有人听见，"必须把我们当回事！"

　　一路上，到处是对峙。警报声、装甲车刺耳的刹车声不绝于耳。精疲力竭的妇女被毫不客气地扔进一辆货车，挤在一起。

　　又是一阵猛烈的刹车声。车门被粗鲁地打开了。西尔维奥·米歇尔刚刚被逮捕了。他一路被拖拽着，直到扔进车里，他紧紧挨着丽塔和查尔斯雅。莉塞特不为所动，眼睛死盯着警察。到了警局，他们被关进逼仄的、乱糟糟的牢房，房间里到处散发着尿味和霉味。

　　早晨，一位律师前来帮助他们。法庭上，莉塞特让所有人都感受到了不小的挑战。当法官提问的时候，她的回答简洁而清晰："我们是为了争取合理的赔偿而斗争！"

　　法官同意他们保释出狱。妇女们又继续斗争起来。

　　男人们这边，斗争没有取得什么更好的结果。

　　费尔南成功地让西尔维斯特和让·罗伊在港口找着了份工作。但与此同时，工人囊中羞涩。工会正在施加更多压力为工人争取更高的工资。各种压力之下，一切慢速前进。越来越多的罢工开始了：工作在继续，但效率慢得惊人。费尔南明白了，这场冲突不会有什么结果。政府不会让港口瘫痪的，也不会把糖出口这个关键利益部门的控制权交出去。最终的解决办法就是，以机器代替人力。大型船只开始机械卸货。散装糖码头正启动建设。

那些汗流浃背、忙忙碌碌的码头工人形象就要进入历史的故纸堆了。他们的影响也会一并消失在有关工会斗争的记忆里。金属钢铁巨兽会将他们彻底压扁，他们的肩膀只会不断地弯曲。费尔南、西尔维斯特和让·罗伊再一次领教了失业的毒打。

阿比曼尤

1980 年

卡西斯

卡西斯的街道出奇地安静。索朗日放学一回家，就将旧书包扔在床上。刚才还在街上的时候，她就已经察觉到空气中弥漫着一种不同寻常的气氛。一个小男孩跟她说大家都去了花园。索朗日虽只有 16 岁，但她已不是从前那个小姑娘了。她很早就学会了快速做决定。她也从家出发了。

路易港的武装广场从没像现在这样符合它的名字。在殖民时期修建的壮丽政府大楼脚下，一队队穿着制服的士兵站在马埃·德·拉布尔多奈（Mahé de La Bourdonnais）和维多利亚女王的雕像前。要说，索朗日早就是处变不惊的人了，但今天她还是被士兵的数量震惊到了。警报一拉响，她抄一条石子小路快速逃走，跌倒了又爬起来，最终跑进了花园的主路上。百来号示威者都聚集在那儿。一团浓密的酸性气体云升起，裹住了整个示威场地。街道到处都是碎石块。尖叫声、吼叫声不绝于耳，还有人在扔石块。

索朗日瞅见了满头大汗的母亲艾维，她弯着腰，攥着拳，向空中举着。虽然现场一片恐慌，但所有人的脸上都表情坚定、果敢。对女人们来说，唯有斗争，才能活下去。

警察们发起了攻击！查尔斯雅被殴打了。泽菲尔大婶也在轻拭额头的鲜血。索朗日吓坏了，靠在她身边坐着。

警察与伊鲁瓦人面面相觑。靴子走动的声音、嘶哑的吼声、尖厉的警报声交织在一起。示威者们被包围在花园围墙处。命令已经下达，禁止他们踏入政府大厅半步。

索朗日爬上路障，寻找查尔斯雅、莉塞特和丽塔三位领头人的身影。示威的人群越是靠近政府大楼，士兵中队就越是发起猛攻，驱赶他们。索朗日慌乱中掉进一个水沟里。一团雾气将她围住了。

"是毒气！"

索朗日睁不开眼，她尝到了唇上有血的味道，一时失去了意识。一块湿湿的手帕，凉凉的，她肿胀的脸颊和火辣辣的眼睛感受到了一股清凉。有一个大高个的士兵待在她身边。

"别碰我！"她哀求道，挣扎起来，拳打脚踢着以作防卫。士兵试图让她安静下来。过了一会，她停止了挣扎，好不容易微微睁开了眼睛。催泪瓦斯让眼睛灼热地疼，她瞥见一个穿制服戴头盔的士兵靠着她。他看起来很让人放心，眼神温柔，担心地看着她。后来，他走了。索朗日再次昏厥过去，醒来时，她已经躺在艾维的怀里。虽然早已处变不惊了，但这次她还是害怕得要命。

"你为什么要这么斗争？"晚上，索朗日问母亲。

"为了更好的待遇，为了我们的权利！"

"权利？在学校里，别人都嘲笑我们。我要改变命运，我要离开这儿，离开卡西斯。"

阿比曼尤

"我们的首要权利，"艾维说，"就是回到自己家。"

不过索朗日所梦想的，是别的东西。

* * *

几个星期后，在索朗日经过政府大楼时，她认出了那位在示威游行那天帮助过她的士兵。士兵着一身制服，正在总理办公室外指挥警卫人员，他仪表堂堂，气宇轩昂。两人四目相对。士兵个头很高，面孔精致，肤色较浅。接下来的数个礼拜，两个年轻人眉目传情，暗生情愫。一个休息日，士兵在索朗日的学校门口等她。她允许士兵靠近了自己。

"我叫阿比曼尤。"

很快，索朗日开始了逃学生涯，她的生活里只有他了。阿比曼尤 34 岁，来自北部特里奥莱地区的印度家庭，是当地的名门望族。他是一位部长的近亲，是学院的优秀毕业生。索朗日对此非常吃惊。阿比曼尤自豪地告诉她，在 1968 年 1 月独立前夕的宵禁期间，他曾带领国王的什罗普郡轻步兵队的英国士兵镇压了种族骚乱。而他是士兵中为数不多的毛里求斯人。

"你的家人呢？他们从什么地方来？"阿比曼尤问索朗日，但从来没得到她的回答。不过，这并没有对他造成什么困扰。

阿比曼尤开着吉普车把索朗日带到了通博湾的一家小旅馆。旅馆经理是个满脸皱纹的中国老太太，装作没看出索朗日的年纪。她透过玳瑁色的镜框悄悄打量着她，然后给这对年轻情侣指了一个面朝潟湖的房间。

索朗日在约会前脱掉了自己的学生服，穿上了一条放在书包里的花朵裙子。裙子一直被塞在包里，夹在一堆书和本子中间，都变得皱巴巴的了。

索朗日把东西放在椅子上，脱掉凉鞋，朝窗边走去。窗户有点脏。她拉开旧窗帘，看着窗外不断拍打岩石的浪花。

阿比曼尤看见索朗日头上戴着的公主头饰，修长苗条的身材还有那瘦弱的肩膀。一头浓密的秀发赋予了她一种骄傲的气质。纤细的腰线突出了她臀部的线条。又短又紧的裙子更是将她的曼妙身材显露无遗。

"我害怕。"索朗日颤抖着说，双眼紧闭。

她不愿意告诉他自己从哪来，即刻，他已紧紧地把她揽入怀中。她颤抖着，头靠在他的肩膀上。他把她带到旧床垫上，靠近她，嘴唇轻轻掠过她的眼睛、额头还有那微张的嘴唇。索朗日第一次感受到一个男人的触摸，还有那有力的臂膀和火热的欲望。她闭着眼睛恳求他，"不要离开我！永远不要离开我！"

在彼此的拥抱中，他发现了一个令他着迷的欲望世界。两人的热情不断涌现。

"从今往后，我属于你了。"她喃喃低语。

索朗日开始频繁逃学。阿比曼尤在同事和上司的鼓励下，请病假的次数也多了起来。他的同事们想当然地认为，和一个混血女子玩玩倒是再正常不过了。阿比曼尤一直把她当作一个来自博巴森镇或是荷精市的混血儿，一个意外闯入混乱队伍的女大学生。直到有一天，索朗日鼓足勇气对他吐露了真相。

"我是被驱逐到这里的，来自佩洛斯-班豪斯岛。"

"什么？"他震惊不已。他现在可知道自己麻烦大了。

阿比曼尤

"伊鲁瓦人很咄咄逼人!"他说,"他们就应该接受给他们的条件。"

"给我们的条件?"她重复着这句话,声音一沉,好像只在对自己说话。

瞬间,第一次,她感受到亲人们所遭遇的那些不公正的重压,也压在了她的身上。她很受伤,却不敢回应。她不敢明确告诉他,除了轻蔑,他们什么也没得到。她之所以知道这些,是因为她经历过这一切的一切。

她保持了沉默,因为她还在坚守着自己的一个梦想。

"你们的女人都是勇士,男人们都是些酒鬼醉汉。"他接着说。

她还是没有说话。她爱他。在他的怀里,她才能逃离卡西斯。

弹指间,他们在这个小房间已经幽会了 3 个月。这一天,当阿比曼尤想要把她搂在怀里的时候,她挪开了身体,泪流满面。

"怎么了,亲爱的?"

他想抚慰她。她脱掉裙子,把自己扔到床上。

"我想去死。"

她的表情里满是挫败,眼里流露出不尽的悲伤,这让他不知所措。

"我怀孕了!"她小声说道。

阿比曼尤感受到了压力,立马想到了自己的家庭和前途。

"真的吗?"

"我要把孩子生下来!"在一阵长时间沉默后,她说话了。

"你疯了?"

"这是我们的孩子!"

他脸色霎的惨白。他觉得自己犹如掉进陷阱的困兽，无法面对家族的怒火。

"我不上学了，"她说，"我要和你一起生活。"

"但这是不可能的。"

他把她孤零零地留在了车站。索朗日万念俱灰。她的梦想坍塌了。

* * *

1980 年
迪戈①

艾维感觉身体彻底僵住了，嘴里一个字儿也蹦不出来。她看着自己的女儿，过了好一会儿，才猛地爆发出一声大吼，"谁的?"

"一个当兵的……他是特种机动部队的。"

"一个印度人? 马尔巴人②? 你对他来说是什么呢? 什么都不是，不过就是个佩洛斯-班豪斯岛的小乞丐罢了!"

艾维就要喘不过气了，"是他强奸了你吗?"

索朗日抬起头，脸色煞白，很不开心，却是一副爱得死去活来的样子。

"没有。我不上学了。我不想再为自己是岛上的克里奥尔人而感到羞耻了。"

———————

① 此处"迪戈"为人物，非迪戈加西亚岛。——译者注
② 原文为 Malbar，为一种对印度裔毛里求斯人的蔑称。——译者注

突然，房间传来一阵巨响，紧跟着飘来一句脏话。是让·罗伊回来了。他醉醺醺的，撞到了厨房的桌子上，然后衣服也懒得脱掉，直接躺到了床上。

艾维失眠了。无论是诺达威尔号上的渡劫、罢工，还是遭受的苦难，都没有伤害她这么深过。

早晨，她出门工作。让·罗伊也出门工作去了。

没有人说话。

索朗日也要离开了。她被孩子的父亲羞辱了一番，现在又被自己的家庭所抛弃，彻底成了弃儿。阿比曼尤在圣克鲁瓦给她找了一处住所，离拉瓦尔神父墓所在的教堂不远，却丝毫减轻不了索朗日被抛弃的感受。

晚上，艾维在灯下把事情告诉了丈夫。怒火过后，让·罗伊低沉地说道，"跟你说过多少遍，上学就是浪费。你忘了吗！索朗日是伊鲁瓦人……"

"必须得离开卡西斯这个鬼地方！"艾维一瞬间又恢复了斗士的志气。

"你想改命？"让·罗伊满脸倦容地看着自己的妻子。

"你的那些罢工、游行，你看看都有了什么好结果？女儿都跑了！"

让·罗伊站起身来。曾经，他是指望着索朗日的。

"假如她早去工作该多好……"他不停念叨着这句话。

假如有一点微薄的薪水，一家人还能勉强度日。现在就剩艾维独自品尝苦涩。她曾经还幻想着女儿某天能有一场漂亮的婚礼，就像她在"那里"时那样，着一身白色婚纱，在一个大型的绿色大厅里举办婚宴。

那会儿，她的父母可一点没斤斤计较，猪、羊、乌龟肉样样齐全。在准备的过程中，巴卡酒（一种传统自酿酒）和卡鲁酒①流淌成河。到午夜，她和丈夫去了月光皎洁的海滩，在那里有了人生第一次令人沉醉的欢爱。

不管怎样，生活还要继续，各人有各自的活儿要干。

艾维依然做着家务。

让·罗伊、西尔维斯特和费尔南一起找点活干。不过，他们不再当码头工人了。工人们肩扛糖袋和黄麻，挥汗如雨、表情扭曲，四肢酸痛而步履艰难，只有大口啜饮朗姆酒才能缓解一点肌肉的疲劳，这种"跳着"周而复始的"芭蕾舞"景象早已是过去了。不远处的港口另一边，大宗糖加工站的巨大建筑看上去像一个碉堡一样矗立在那里。

费尔南还是想方设法苟延残喘。他开着小船，每日划过潟湖的水域捕鱼。这也只能勉强度日罢了，因为捕鱼的收入并不丰厚，渔民还要听鱼贩子的摆布。他常在奥萨布尔斯角的码头上一边修补尼龙网，一边看着浪花在卵石铺就的沙滩上散开、然后消失。一天，他接受了国家电台的采访，他说道："第一次驱逐，是把我们从祖先的故土上赶走。第二次驱逐，则是把我们从干活的地点赶走。还有这种加工机器，把我们的生计都给剥夺了！"

费尔南有时会把船停泊在一边，去参加战斗党同志们发起的会议。

---

① 将椰子汁和酒混合的酒精饮料。

阿比曼尤

贝朗热和贾格纳特总是能让人群沸腾起来。

"还我迪岛!"

这个标语依然有着巨大的威力。至于它是否有效,那就是另一个故事了……

"他们的主权连同尊严都被卖掉了!"两个领袖不断重复这句话,"伊鲁瓦人必须重回故乡。领取真正的赔偿。我们还没有对伦敦和华盛顿施加必要的压力。这是一场神圣的战斗!"

西尔维斯特和让·罗伊成了意志坚定且纯粹的基层活动分子。他们只相信并追随保罗。人们总是会在卡车的台座上发现他们的身影。

警察很难控制人群的行动。阿比曼尤此时正带着他的小分队,活动在路易港南部地区。

* * *

索朗日在这个年纪成为一个母亲,还是太过年轻。阿比曼尤尽管身着制服,佩戴军衔,其稚气尚在。他既为成为父亲而骄傲,又为家人的态度而担心。如果他说出孩子的身世,他知道这孩子一定会被家族所排斥,还会遭到其他人的侮辱和嘲笑。

分娩的日子就要临近了。阿比曼尤改变了自己的日程表,和同事哈罗德一起值班。这是唯一知道他秘密的人。

但阿比曼尤不能去产科。他的父母对他的经历有所耳闻,不过他拒绝承认,并向父母保证会像自己的兄长那样,娶一位由母亲亲自挑选的"好家庭"的姑娘。阿比曼尤让哈罗德代替自己扮作孩子的父亲去产科探望。哈罗德回来时兴高采烈地向他宣布了这个好消息："你有儿子了！"

第二天，哈罗德依然扮作孩子的父亲。他获得了医院的准许，可以把朋友带进产房见孩子。索朗日很虚弱，但还是露出了一丝微笑。她苍白的面色让阿比曼尤看了都要晕厥过去。

母亲艾维也来了。她抱起新生儿，眼里热泪滚滚。

"他真漂亮！"艾维紧紧地把索朗日搂在怀里。

"你应该让孩子父亲把你娶回家。"

索朗日不说话了。怀疑和希望交织，她万分痛苦。

现在，阿比曼尤每天都会来看望母子俩。他温柔地看着儿子，对索朗日说："给他起名叫德夫达斯吧。"

"有一个条件！"

"什么条件？"

"你和我们一起生活！"

阿比曼尤一言不发地走了。索朗日看向孩子。

"你让我想起迪戈了，想起我的童年，"她在婴儿耳边低语，"迪戈，是我的家乡。"

不一会儿，她平静了下来，看着儿子迪戈进入了甜甜的梦乡，迪戈，这一刻起，她的儿子就已经是这个名字了……

阿比曼尤

愤怒的火焰

1982 年

路易港

一个警察径直向示威人群走去。这可不是什么普通警察！从他的警察局长制服和装饰，还有胳膊下那根明显的警棍就能看出来了。但是，在街道另一端，第一行站着的也不是什么普通的示威者。

查尔斯雅和莉塞特远远地看见警察过来，反而站得更稳了。她们双手叉腰，眼睛死死地盯着警察。现场气氛骤然紧张。上午 10 点，她们和其他几名妇女一起在公园对面的美国大使馆驻地把示威标语牌举起来静坐。示威持续了数个小时。阿比曼尤也同往常一样，和他的人一起随时准备行动。警察与示威者面对面对峙着，他在一旁观察待命。他从那些女性眼中看到了索朗日身上表现出的那种同样的热情、骄傲和勇气。当被激怒时，她们的头就会高高地昂起，展示她们的尊严。此刻，士兵还没有任何行动。警察局长向她们走过来。好几个月来，查尔斯雅、莉塞特和丽塔与这些防暴部队的人打了不少交道，对他们嗤之以鼻。但是这次，这位军官表现得尽可能平静，他准备采取诡计了……

"我们准备在政府大厅接见你们的代表。"他对示威者们宣告这个消息。

她们如约前往，等待着，然而根本就没有安排什么会面。

再次返回公园。

路障还在原地，防暴部队也还在。她们被愚弄了，这一招成功引她们离开了大使馆周围。

"你们的花招成功了，"丽塔满脸愠怒，"但我们会一直待下去!"

她们在坚持。突然，阿比曼尤不耐烦了。

"把所有人都带走!"

她们再一次被装进囚车，开往赛马场，然后是中央营房，再是警察总部……最终，她们还是被释放了。

不过，女人们又辗转回到了公园。

* * *

人总不能和幽灵谈判。但这就是伊鲁瓦人的悲剧。他们在空气中搏斗，什么也抓不住，什么人也打不到。

他们的命运在别处被决定了。伊鲁瓦人住在离毛里求斯很远的地方，难道真有人知道他们的存在吗？不可能的!人们早就把他们忘记了。他们的悲惨遭遇在错误的地点、错误的时间发生，请愿也没有掀起多大的浪花，名声倒还被一群乞讨者给破坏了。

一天，玛丽结束了给人熨衣服的劳碌工作，乘上了从荷精市开往卡西斯的公交车。车辆载满了乘客，不堪重负小心翼翼地沿着海岸线下行。公交车司机一路踩着刹车，车轮发出刺耳的金属声。一位身材肥胖、妆容精致、盘着发髻的女士对邻座说："什么都涨了！连米都是定量供应！政府就只帮那些伊鲁瓦人。"

司机还在降档。变速箱发出吱吱的声音。发动机转得飞快。胖女士的嗓门越来越大，乘客们都能听见她的讲话内容，而接下来的一幕，所有人都惊呆了。

"这些伊鲁瓦人欠一屁股债不说，还铺张浪费。"

玛丽听到后可是气坏了，她向胖女士冲过去，一把将她扯下椅子。她很想把这个女人拽下车，再给她两耳光。冲突发生得太快，售票员还没来得及反应。

"你和我下车，看我不把你的骨头打断！"玛丽咆哮着。

胖女士也毫不示弱，"你们也配！你们压根就不配我们给你们那些钱！"

玛丽吼叫道："什么这笔钱那笔钱！我们连钱什么颜色都没看着！政府为了独立把我们的土地给卖了，可我呢？迪戈加西亚岛没了，我的天堂没了。"

"好得很！"胖女士不依不饶，"这里本来也不是你家！"

玛丽用尽全身力气拉扯着胖女士。胖女士吓得面容失色，她仿佛正和一只被激怒的野兽打交道。

"这是个伊鲁瓦人！"胖女士也吼起来，好像这个词包含了世上所有恐怖的信息。

"没错！是个伊鲁瓦人怎么样！"玛丽也吼起来，"我是一个伊鲁瓦人，我倒也想回我的岛呢，但岛被人偷了！就是你！你偷了我的岛，你为了你的独立偷了我的岛！"

售票员把两人拉开。司机赶忙把车停靠在路边。乘客们吓得说不出话来。他们看着玛丽下了车，背着沉甸甸的包裹，腰部直不起来，准备抄近道穿过水渠回家。

这一刻，玛丽才开始哭起来。她每天都买最便宜的蔬菜，但还是入不敷出欠了一屁股债。除此之外，在那些富人家里受的侮辱让她气得发抖，可是能怎么样呢？她还要在那里不停地熨烫成堆的衣物，这让她厌烦至极。

明天就是国庆日了，玛丽忽然想到。这是独立的纪念日。

* * *

在圣克鲁瓦，一个小男孩渐渐习惯了一个穿制服男人的探望，虽然这个男人从来也没给他带过什么小玩具。

索朗日最终也接受了情人制定的游戏规则。她本想躲在亲戚家里摆脱他，然而亲戚的目光也令人难以忍受。拉斐尔舅舅把她看得很紧，出趟门很是困难。

和阿比曼尤重逢的时刻总是美好而富有激情的，但随之而来的沉默也越来越压抑。他也必须为之习惯：他亲切地称呼儿子"贝塔"①，可儿子只会对"迪戈"这个名字有反应。

这个周六，迪戈觉察到一丝异样。他想和父亲玩耍，但父亲却冷冰冰的。阿比曼尤从来没有如此沉默过。他盯着索朗日，然后低声说："我结婚了。"

他终于说出了这句话。索朗日猛地站起来。

"就在上个周日！"他的声音低到几乎听不见。

"她是谁？你爱她吗？"

———————

① "贝塔"（Beta）为对儿子的爱称，"贝蒂"（Beti）是对女儿的爱称。

他不作声。

在脑海中他又回想起婚礼的仪式和默默承受的羞辱。他娶了一位并非自己所选的女人，这是一桩家族强加的婚姻。他不得不屈服于大家族的意志，并在婚礼仪式中表现出顺从的样子，默默吞下抛弃自己孩子母亲的内疚感。

他沉默着。索朗日疯狂地摇晃他。

"我给你和贝塔开了一个账户。"

这是他所能讲的全部内容了。她朝他脸上啐了一口。

"我是伊鲁瓦人，我知道怎么抚养自己的孩子。"

"好得很！"他终于敢回应了，但这只是他第一次这样做。

索朗日把他赶出了门，连同家庭的尊严、权利、对根的追寻，以一种他无法听懂的语言统统砸到他的脸上。他不会懂，其他人也不会懂。

索朗日把迪戈抱在怀里。这让她有了对抗阿比曼尤的勇气。就在阿比曼尤即将跨出门槛的那一刻，她知道，自己生命中最美好的一段时光就要消逝了。即便如此，她依然没有做出任何挽留。

"以前，我从来不理解，为什么那些人拼了命也要回岛……"

索朗日喊叫起来。突然，她感到一阵晕厥。她惊恐地发现，她再也无法逃避她的出身。她的过去以这样的方式紧紧地抓住了她。

1982 年

一个民族，一个国家！

一线新希望又升起了：一名叫作阿里亚纳·纳瓦尔的查戈斯女性①将成为下届大选总理职务的候选人。西尔维斯特、让·罗伊和其他许多人一样又好像看到了希望。

他们腋下夹着海报，提着胶水桶，踏遍卡西斯和奥萨布尔斯角的每一个角落。

国家负债累累，失业愈演愈烈，经济衰退来了。

大街上，海报总是在揭露各种丑闻、走私、腐败，不断激发人们的敌视情绪。海报还对外宣称目前统治国家 14 年的政权已经到了倒台的时候。

反对党正赢得这个国家历史上前所未有的民意支持。

在离卡西斯不远的工人城，会议气氛异常热烈。让·罗伊和西尔维斯特一如既往，骄傲地举着旗，专注地倾听贝朗热和贾格纳特的演说。他们慷慨热情地宣告了一个崭新的毛里求斯的诞生，伊鲁瓦人将在新毛里求斯真正体会到成为主人的感觉。让·罗伊和西尔维斯特兴奋地喊起口号，"一个民族，一个国家！"

查尔斯雅领头，巾帼不让须眉，妇女们开始新一轮的示威，与总理对峙。她们想以这种方式引领斗争。

防暴部队选择了强硬回应，使用警棍的次数也增加了一倍。军

① 指的是阿里亚纳·纳瓦尔（Arianne Navarre）。

队成了维护不公正的机器，他们在公园里殴打示威者，把示威的女人们丢进监狱，关几个小时再释放。妇女们毫不退缩，被释放后再次开始示威。绝食抗议让她们越来越虚弱，但意志却越发强大坚定。

示威者们面容瘦削，身体因为脱水而火烧火燎，血压不断降低，不得不被送进医院。年纪最大的示威者已经无法继续抗议活动了。这场考验是巨大的。医生急忙拯救情况最危急的人，而那些情况稍微好转的人又回到阵地继续抗争。示威者们喝了盐糖水，感觉好受点了，但饥饿又无时无刻不在折磨考验着她们。她们躺在破碎的纸板上一动不动，所有人注视着她们，倾听着她们。

"我们没什么可失去的！生，还是死，都一样！"

"我们是女战士，对那些警察，我们没什么可喊的！"

"我们还要扯住他们的睾丸，给他们点颜色看看！"围观的人群里还有人抛出这样一句。

政府担心局面无法收拾，一想到这些妇女很可能成为殉道者就害怕得胆战心惊。但政府压根无法阻止人们投向她们的目光。她们俨然成为一场无人知道该如何应对的危机的象征。

示威变成常态。每天早上男人外出工作，孩子们去上学，示威者就再一次拿出破旧的纸箱子和标语。

她们抵抗着，以行动质问着所有人。没有人能吓到她们。她们围攻了英国的高级专员公署（Haut-Commissariat britannique）。伦敦的特派专员会现身吗？不管怎么样，她们出现在专员会经过的路上。专员发现他已被团团围住。

夜幕降临时，寂静笼罩了整个公园。枝干繁茂的巨大榕树化身为此地的守护者，守护着这片斗争的土地。斗争还在继续。鸟儿的叫声为示威者做伴。查尔斯雅透过栅栏，看见路易港逐渐空旷。人们在那里工作，但不在那里生活。气氛逐渐阴沉。夜晚，卡西斯或通博湾的火炬游行开始了。女人们打排头阵，男人们紧随其后。他们可不是去奥萨布尔斯角的某个商店里诉说忧伤的……第二天，一切周而复始。

"明天就要发放赔偿款了。"传言满天飞。甚至还有人说，每个伊鲁瓦人都要在本地两家大银行中选一个开账户，接收赔偿款，但这个"新闻"很快被证实不过是个假消息罢了。

就算示威者意志仍然坚定，目光依然如炬，可是事情并没起什么变化。英国人提出的赔偿款连一个子儿都没改动，还是 120 万英镑。

真是可笑，简直令人倍受侮辱。更可恶的是，英国人还提出两个条件：为获取赔偿，查戈斯人必须放弃针对英国的一切司法行动；不再主张声讨返回群岛的权利。

一位英国律师被派来谈判。事实是，这里面隐藏着诡计和欺骗。所有的程序都使用英语。查尔斯雅、兄弟会和战斗党领袖都很快识破了这个陷阱。

可是为时已晚！几个伊鲁瓦人为了领取赔偿款已经在英文表格上"签字"了，还按了指纹。他们匆匆地签了字。这行为实在太盲目了，他们连一点法律建议也没咨询过，还以为自己签署的只不过是一张简单的表格。

"绝对不可能放弃返岛权！"查尔斯雅非常坚定地说，"绝对不可能放弃！他们又想从中耍花招。我们必须要揭穿这些英国人的诡计。"

总理返回毛里求斯后召集了内阁成员，以及几名伊鲁瓦人代表和反对派成员。他首先表示了愤怒，然后这位老好人①缓和了语气，对伊鲁瓦人的遭遇表示了极大的同情和理解。他愿意和解，并积极寻求解决办法。

伊鲁瓦人已经等了 8 年了。既然这次还要等，那还不如到大街上去等。夜晚 10 点，在路灯澄黄的灯光下，一名总理府顾问向他们宣布说，毛里求斯政府决定将由总理率代表团再次去伦敦谈判。

在这个悲伤的夜晚，伊鲁瓦人静静地听着总理府顾问传来的消息。

"总理要求大家即刻停止罢工。"总理府顾问最后表示。

埃利·米歇尔违心地说："我们同意。"

罢工已经持续快整整 3 个星期了。几个示威者对这些话并没有多少信心，她们缓缓地从待了数天的垫子上起身，浑身的关节都是僵硬的。

"不！"其中有人抗议，"我们要总理亲自来和我们说这个消息。"

"我们不信！"

妇女们从德福尔街（Desforges）出发，前往政府首脑的寓所。

拉姆古兰非常震惊，他从房间里走出来。这位"国父"的身上还披着睡衣。示威的人群来了就不打算回去了。

拉姆古兰的出现让现场安静了片刻。人们是来质问他的。要想彼此都更好地沟通，喊口号的声音必须得停止。

———————————

① 此处的"老好人"是一种亲切且带有尊敬意味的称谓。

示威者要求拿出解决方案。拉姆古兰表示已经提出了一些建议。

他进了屋，过了几分钟又走了出来。这次，他换上了西装。

"我向大家保证，"他说，"政府会派一个代表团前赴伦敦。"

示威者们并没有被这句话说服。

"请大家解散。"拉姆古兰说。

没有人移动。像往常那样，警察再次出动驱赶人群。玛丽在慌忙逃跑中丢了自己的旧拖鞋，只好光着脚只身前往公园。公园里现在被一片寂静笼罩，就好像枪声沉寂后的战场。

* * *

在圣克鲁瓦，索朗日试图在神的话语中重建自我，寻找生活的意义。每周日她都去做弥撒，人们告诉她，主给那些挣扎中的人以恩典。牧师在布道的时候说起教区人们的苦难，让诸多信徒为之动容。他说，有的家庭连一餐饭都吃不起。

"我的家人们怎么样了？"索朗日心里念道。

她已经很长时间没去卡西斯了。她再次返回的时候，门半掩着，里屋没有人。她扫了一眼家里的旧床，床上盖着一张破烂床单。她又瞥了一眼那些简陋的厨房用具，机械地洗了碗，把那些破旧的衣服叠好。

奥利弗和他的小伙伴再一次逃学了。示威者和警察对峙的场面，还有街头巷尾的追击让他们彻底震惊。当新一轮示威即将在路易港开始的时候，警察准备发起进攻。警察残暴的行为让奥利弗深为反感，他钦佩母亲的示威举动。他了解她，也了解其他如母亲一样的女性。她们是柔弱的，却也是不会被苦难吓倒的。他渐渐明白，这样的抗争摧残了身体，却是有意义的。她们的行动有多么不易，勇气和斗志是多么坚定，他统统都感受到了，体会到了。

查尔斯雅大声吼叫着，莉塞特则站在她的身后，她们比以往任何时候都要坚定。女人们冲向一个正在殴打一名妇女的士兵。查尔斯雅使尽全身力气用她那看似可笑的武器———一把旧雨伞和士兵扭打起来。

奥利弗也上场了。他溜进人群，向站在他面前的士兵抛出轻蔑的眼神。他无视眼前的盾牌和警棍，把这名士兵刚扔到地上的标语牌举到他的鼻子跟前。

"还我迪岛！"标语牌上写着这样几个大字。

奥利弗选择了战斗，他现在十分确信自己的选择是正确的。

第二天，奥利弗到学校的时候，学校对他关上了大门。丽塔必须去学校为儿子请求宽大处理。

"伊鲁瓦人受到了不公平的对待，他们必须为争取自己的权利而抗争。奥利弗必须回学校继续上学。"丽塔为自己的儿子辩护说。

社会动荡

1981 年

卡西斯

　　一个年轻大学生乘坐着摇摇晃晃的公交车，在奥萨布尔斯角下了车。他腋下夹着公文包。此时阳光正耀眼，空气炙热。年轻人没有逗留，步伐坚定地向着荒地上那一片随机安置的棚户屋走去。

　　"这里的景象可真是荒凉透顶啊！"年轻人心里想，"都可以叫作悲凉之城了。"

　　街角的商店橱窗空空如也。面朝潟湖的另一个角落坐着一位老者，似乎正在观赏天边的景色。年轻人朝他走过去，端详一番才发现，老者的眼神是放空的。

　　"到处都是死气沉沉。"年轻人思忖道。

　　"叔叔，您知道伊鲁瓦人的住地吗？"

　　这个老人就是西尔维斯特。他没有看向任何人，也没有看着任何东西，默不作声。失望的年轻人只好借道一条满是灰尘的窄巷，避开凶狠的流浪狗，走进这座"悲凉之城"。

　　这名年轻人是埃尔为·席尔瓦的合作伙伴。席尔瓦是一名学者和社会工作者，目前正在开展一项有关伊鲁瓦人生活水平的研究工作。他想从冰冷的数字后揭示出事实的真相。

大学生必须要采访到伊鲁瓦人才能获得信息。很快，他就明白获得问题的答案远远没有那么简单，人们得学会怎么"接待"他，或许这才是更重要的。每次他刚一张开嘴解释自己此行的意图，马上就被伊鲁瓦人团团围住。他想让伊鲁瓦人说明自己每日的生活是怎样的，可这些男人女人只有满腹的忧伤怨恨要发泄和倾诉。

伊鲁瓦人还能给他提供些什么呢？他们从来没见过什么人。有谁会关心他们的生活，他们的温饱？更为残酷的其实是，有谁真正关心他们的命运呢？

"他们等着我们死掉。"让·罗伊这么说。

大学生的问题看上去是不合时宜的，但他的表达和行动与埃尔为·席尔瓦是一样真挚的。年轻人非常清楚，这些伊鲁瓦人根本不明白他找的究竟是什么。

他只能看向他的周围：房子是用回收的铁皮做的，地板就是红土地，一下雨就进水。路面没有铺过，这就不用说了，也没有排水沟。小巷子坑坑洼洼，除了灰尘什么也没有。到处都是废铜烂铁、破罐子、铁皮筒。在别的地方，人们把这种铁皮做成鼓。可在这里，铁皮却是用来糊住房顶的大洞的。地面杂草丛生，小路和小径通往的都是毒品窝点。

"我们18个人住在一个破棚屋里。"有人说，"4对夫妇，带10个孩子，像动物一样被圈在两个房间里。"

"我们想回去，在这儿我们什么都没有。"一名妇女说，"我们想养点动物，我们一无所有！"

她的邻居们也走了过来。各种请愿与要求瞬间爆发了。大学生不再提问，他努力地把每个人说的话都记下来。即使所有人都在同时和他说话，那些他没有时间记录下来的话语也都深深地刻在脑海里了。那些悲惨的遭遇和经历的冲击如此强烈，是永远不可能被忘掉的。

这是第一次，他们有人可以说话了！伊鲁瓦人打开了话匣子，滔滔不绝地倾诉着苦难的遭遇。

大学生说起了自己的工作：他的老师要写一本调研报告，会把它发表出来，登载在报纸上。他们对他说的这些话，不会被搁置在学校的架子上落灰的。

"正相反，"他强调说，"我们想要帮助你们！"

他记下了所有细节。报告将会令人大为震惊。伊鲁瓦人干着苦活，领着微薄的薪水。仅有 60 多户家庭买得起地。

"得先有个落脚的地方！"莉塞特说，"这是第一步。"

没有房子，怎么好意思来和他们谈社会融入？让·罗伊刚才沉默了半晌，积蓄在内心良久的愤怒终于爆发了。自从他被扔到这里，自从港口的机器无情剥夺了他做工人的活计，自从……这些怒火就没有停歇过。

西尔维斯特刚从潟湖边回来，年轻人和伊鲁瓦人热烈的促膝交谈声把他从沉闷中拉回神来。今天又是一个黑色的日子。捕鱼的收获寥寥无几。他听着其他人的谈话，然后，他也说话了，讲述起他们的悲惨经历，他的声音就好像从很远的地方飘过来……

"我们的房子很破旧。"他说，"下雨的时候要盖一块塑料雨布。"

在一棵杧果树下，孩子们正光着脚和大人们玩纸牌和游戏。以

社会动荡

往，在学校的时候，他们总是被排斥，只能和伊鲁瓦人聚在一起玩。

伊鲁瓦人被视作难民，是不受欢迎的外来人。

"他们受的苦实在是太多了。"年轻的大学生心里这样想。

"有补偿款吗？赔偿款呢？"

下面一阵沉默，接着一阵怒吼。

"赔偿？就发了几个月。必须给我们再发钱！"

* * *

总理率领的毛里求斯代表团万般屈辱地从伦敦返回。

保罗·贝朗热、米歇尔兄弟以及查尔斯雅提出优先考虑伊鲁瓦人的安迁费用及就业保障，还要求得到 800 万英镑的赔偿款。这么多年的绝望和匮乏该有个头了。

英国人寸步不让，在群岛主权问题上也摆出一副无可商量的模样。代表团将这个苦涩而痛苦的消息带回了国内。

"就几个铜板儿！就这些！"埃利气愤地喊起来。

不过，过了几个月，伦敦派出了一个代表团抵达路易港重新开启谈判。英国特使巴纳德勋爵（Lord Barnard）依然毫不妥协。查尔斯雅和同伴们整整一天守在政府大楼前打探情况。终于，快到午夜时传来消息：有解决办法了。

"所有人去罗什布瓦的拉瓦尔神父神殿！"

看起来着实奇怪。一位勋爵，居然出现在贫民窟。官方代表团浩浩荡荡地走在破破烂烂的小街小巷上。巴纳德勋爵面朝一群充满敌意的听众开始讲话。他有着英国式的冷淡与沉着，言语中努力保持着自己的尊严，展示出一副他不会向任何请愿示威活动低头的姿态。伊鲁瓦人满满当当地挤在一顶昏暗的帐篷里。妇女们眼神空洞，仿佛没了力气。

巴纳德勋爵宣布："英国政府提议赔偿 400 万英镑作为全部和最终的解决方案，但有一点必须明确：绝对不能再谈返岛权！"

话音刚落，下面人声鼎沸，尖叫、抗议、反对声不绝于耳。协议还规定，除了拟定的赔偿金额之外，毛里求斯政府还将添加数百万英镑用于基础设施和用地。人们的抗拒形成一股巨大的波动，使得被风刮得摇摇晃晃的帐篷更加晃荡不止。

但不一会儿，人们三五成群地开始跳起来、唱起来，欢欣鼓舞，却不明白这是一场舍本逐末的泡影。此刻，他们就已经开始要求那些得到赔偿的人赶紧去寻找空闲的土地。伊鲁瓦人首先会领取一笔补偿款，然后是解决安家问题，安置地点就在奥萨布尔斯角和通博湾。宣布的信息是这样告诉他们的。一些人唱着跳着庆祝这个算不得什么成功的"成功"，还有一些人对这种庆祝活动置之不理。西尔维斯特和让·罗伊花 4 个子儿买了酒，把自己淹没在这个可悲的"胜利"中。

"英国人买下了我们的梦想，再把它狠狠地捏碎。"他们这样说。

西尔维斯特对未来充满了怀疑，他意识到，他的岛离他越发远了。查尔斯雅一个人待着。27 天的罢工示威，饱含苦涩的屈辱与挫败，这一页就这样痛苦地被翻过去了。拉斐尔则乘着自己的独木舟去了海上，一去就是好几天。

拉姆古兰不想用那么暗淡的眼光去看待群岛的前景。

社会动荡

"当北约不再需要它的时候，它就会回来的。"他说。

在世界的另一端，撒切尔夫人说得更直接："基地的命运是铁板钉钉的。"在与里根总统的见面会上，她这样说道。

从德黑兰到喀布尔，从肯尼迪到卡特，在这个充满危险和不确定性的棋盘上，迪戈加西亚岛成为棋局里不可忽略的关键棋子。毛里求斯只能眼睁睁地看着美国和英国在冷战的棋盘上推子走棋。

是啊！撒切尔夫人可以这么说，迪戈加西亚岛的命运是铁板钉钉的，甚至是被锁死的。

战斗与斗争

驶向毛里求斯

1990 年 7 月

华盛顿

夏日夕阳在美国的首都缓缓落下。杰夫·桑德斯和朋友拉里·贝内特刚刚在波托马克河畔的露台上用过晚餐，现在，杰夫戴着大号雷朋眼镜，把拉里载到了离用餐地数万英里之上的天空。杰夫是美国空军的飞行员。他的工作让他踏遍了美国的各大基地。近日，他被指派去迪戈加西亚岛，他在该岛上庆祝了自己的 30 岁生日。

"我去过世界各地。"杰夫对朋友说，"唯有迪戈加西亚岛，每次我飞过的时候，都有一种特别的感动。这座岛美得不可方物。"

拉里笑着，看着自己的朋友，听他热情洋溢地讲述查戈斯群岛的美，以及潟湖的流光溢彩与纯净。拉里的神情很是放松，他的头发不长不短，下巴有一缕金黄的胡须。这个幸福的四十岁男人，看起来就像人们理想中独立记者的模样，一副年轻的激进分子的样子，他深入报道事件的能力让他名声在外，文章经常被《华盛顿邮报》采纳。多年来，他一直在关注着迪戈加西亚岛的情况。

不论是美国记者还是他国记者，一般都不会去迪戈加西亚岛，这不仅是因为五角大楼反对，也是因为几十年来，美国和全世界的目光都在别处。

"在纽约，新闻学院热议的话题都是越南战争的结束。"拉里对杰夫解释说，"那个时期还发生了赎罪日战争，尼克松下台，伊斯兰革命和德黑兰人质事件，黎巴嫩内战，巴勒斯坦恐怖主义，苏联入侵阿富汗。没人关注印度洋发生了什么。当我们谈起迪戈加西亚岛，大部分美国人还以为讲的是拉丁美洲的某个人物。"

拉里接着说："后来，我在洛杉矶大学教书的时候，课堂上给学生展示了一张世界地图。毛里求斯压根就没出现在地图上。我就在地图上画了一个小圆点，位置在印度洋上马达加斯加的东面。我还给学生解释了，这个群岛是航海家迪戈·加西亚·德·莫格在1544年发现的。"

"你想想看，没有一个人对这个地方在哪儿有一丁点的概念。"拉里结束了他的历史知识科普。

他还讲起自己曾经于1975年读过《华盛顿邮报》刊载在头版的一篇文章，讲述的不是迪戈加西亚岛上的设施，而是以一种细致的笔触记录了该岛的原住民在基地修建之前，被英国人驱逐到毛里求斯的命运。

杰夫目瞪口呆，"不过这一切是很清楚的啊！新兵来的时候被告知这是美军的基地。当然，我们租的是英国人的地盘，租期到2016年……"

"是的。"拉里笑着说，"是这样，白纸黑字确实写着我们是在英国的领土上。领土的名字是BIOT，英国……"

"英属印度洋领地（British Indian Ocean Territory，BIOT）！是的。"杰夫打断了拉里，"所有人都知道这个。但你说的驱逐指的是什么？我们到的时候岛上几乎没有人啊。"

"这个是不准确的，"拉里把椅子拉近了一点，"没有这么简单。"

他向杰夫解释了历史的河流如何改变了这片印度洋的命运，还讲述了五角大楼对这块被世人遗忘的群岛的兴趣彻底倾覆了近2000人的生活。[①]

"在60年代初，独立之风开始吹遍英国在非洲和其他地方的属地。比起抵制和通过军事手段介入棘手的殖民冲突，英国人更倾向用政治手腕处理这些国家想要独立的愿望。"拉里说。

"那么迪戈加西亚岛呢？"杰夫问。

"耐心点，朋友！毛里求斯曾是英国殖民地。1810年，英国人把它从法国人的地盘里夺了过来。英国国旗静静地从路易港上空飘到了迪戈加西亚。所有人都挺高兴。但1965年，在英国人商议毛里求斯独立事宜的时候，他们和美国人早已谈了很久了，准备就建立一个基地拟一个协议。"

"一石二鸟！"杰夫说，"果然是英国人……"

"是的！为了取悦约翰逊总统和五角大楼，英国人迫使毛里求斯人以放弃群岛换取独立。英国人这么干就是公然违反联合国决议。决议规定禁止殖民国家在给予某一领地独立时分割该领地。[②]联合国大会处理了此案。1967年12月19日，联合国还通过了另

---

① 参见 *HEALTH AND MORTALITY IN THE CHAGOS LSLANDS*，Foreign and Commonwealth Office，London，October 2000。

② 参见1960年12月14日联合国第1514（XV）号决议。

一项明确决议，禁止为建立美国海军基地而分割毛里求斯。不过为时已晚。"

"英国人要挟了毛里求斯人，这非常过分。雪上加霜的是，3天后英国枢密院颁布了枢密院令，英国女王也出席了。该皇家法令正式批准了 BIOT（英属印度洋领地）的成立。"

杰夫惊讶极了……

"得把这一切讲出来。"杰夫说。

"这还不是全部。"拉里接着说，"我已经向五角大楼提出了访问迪戈加西亚岛的申请。当然了，至今也没得到任何回复。没有一个独立记者能去得了这个基地。"

"可那些原住民！你和我说，基地修建之前有原住民在岛上……"

"当然有原住民了。查戈斯群岛的好几个岛上都一直有原住民，住在岛上差不多 200 多年了！但英国人向华盛顿保证说，这些人只是季节性劳工，将会被安置到毛里求斯和塞舌尔。"

"事实上是有图片佐证的。人们一直在努力寻找证明原住民存在的证据，最后找到了一些书籍，还有一份牧师的群岛宣教游记。游记里记述说天主教仪式都是在当地的小教堂举行的。"①

拉里充满激情地讲述的一切让杰夫颇为吃惊。

"为什么不让岛民返乡呢？"

"因为英国人和美国人互相推诿。五角大楼以安全名义为由，不希望基地周围出现任何人。你是军官，应该很明白这一点。这是

---

① 此处指的是神父罗歇·迪塞尔科勒（Roger Dussercle），1933~1934 年 1 月 11 日于查戈斯群岛履神职。资料见查戈斯档案馆，Mauritius：General Printing & Stationery CO. LTD，1934。

支付租金的条件之一。英国人则宣称是美国人不愿意提及返岛权……毛里求斯总理就此向布什总统发问，总统回复是，'去和英国人商量！这些重大决定是伦敦做出的'。但证据早就被销毁了。"

"还是要讲出来！"杰夫重复说道，"你必须把这个故事讲出来！"

"你说得对！"拉里说。

时事的发展很快就让拉里不得不行动起来。8月2日，他像往常一样在入睡前打开电视。美国有线电视新闻网（CNN）所有频道都在讨论一个突发新闻：萨达姆·侯赛因执政的伊拉克刚刚入侵科威特。这个事件将在未来几十年彻底改变全世界。

拉 里

1990 年
毛里求斯

"这决不允许!"乔治·布什总统获悉萨达姆的武力行径后这样说道。

没有人会犯错。人们可以一边在联合国安理会上"弹奏"着和谐动人的外交曲调,一边直接发动战争。没有一个音符是错的。

柏林墙倒塌之后,冷战不过成了一段糟糕的记忆。过去,苏联人可以时不时从袖子里掏出否决权这张牌。单是这张王牌就可以让美国人、英国人、法国人瘫痪了。现在,一切都结束了。

国际法准备开始书写新的一页。那些以强凌弱的国家将不得不受到道德的武器之制约。从布什总统这里开启了这条政治信条。

于是,所有的目光投向了纽约东河岸边的玻璃建筑——联合国总部大楼。这段时间,美国更加坚定了启用迪戈加西亚基地的决心,但这场政治外交连续剧还将要持续 6 个月以上。

这个时候,所有人都知晓没有和谈的可能,并且战争一触即发,全世界所做的都是热切追踪新剧集的进展,等待着悬念的落下，这倒成了一桩最严肃的要紧事。真是令人难以置信。从来没有看到这么多的政府准备联合起来行动。

敌人是恐怖的。通过电视长长的天线，美国不断向人们广而告之这一点。

除了以色列，萨达姆麾下有中东最强大的军队。这是众所周知的，因为很多国家都向这个想扩大地区影响力的独裁者出售过军事装备。

在向霍梅尼执政下的伊朗开战后，萨达姆入侵了科威特——这个拥有丰富石油资源的君主制国家。而这一点，美国人不能接受。

拉里·贝内特感觉到这是一个很有价值且内涵丰富的选题。

他衡量了迪戈加西亚岛在这场公开宣布的战争中将要扮演的角色和重要性，但幻想随之破灭：他无法去迪戈加西亚岛了。不过，他意识到他可以直接去毛里求斯拜访查戈斯人。这个世界还无人知晓他们的存在和他们所经受的人道灾难。

* * *

启程。拉里先是在伦敦逗留了一阵子。不过，没有人接受他的访谈。查戈斯群岛的卷宗档案他也无法获得。想要讲述这些被驱逐的岛民的故事的想法，只会招致轻蔑的对待或是无奈的耸肩。

拉里抵达了毛里求斯，他去了路易港以及周围的郊区地带——卡西斯和罗什布瓦。他访谈的第一批对象带他认识了身处奥萨布尔斯角的奥利弗。

"海滩这端，真是差劲啊。"他心里还想着珊瑚礁沿岸可能会遍布美景。可这里，去海边的路上时不时就会被掩盖在脏纸团间的小空酒瓶绊倒。

不管怎么说，这里的人才是最重要的。查尔斯雅、莉塞特、丽塔吸引了他。奥利弗向拉里打开了一扇友情的大门。西尔维斯特、让·罗伊还有其他住在奥萨布尔斯角的伊鲁瓦老人都没法再说拉里不了解他们了。大家都很喜欢这个美国人。

"'在那里'，我们有 60 多个岛。可现在就只剩下这么点大的海滩。"他们说。

当索朗日出现的时候，一切都变得更简单了。她很快就同意了做这位记者的陪同翻译。索朗日会讲一点英语，她尽可能用英语和克里奥尔语把问题和回答翻译出来。这样的对话有点奇怪。他们经常找不到合适的词来表述，但大家都能互相理解。

贫民窟里昏暗摇晃的灯光下，拉里坐在伊鲁瓦人身边，友好地看着他们，微笑着听他们讲述。这一点让伊鲁瓦人颇为欣赏。虽然拉里并不能全然地表述自己的所思所想，但他的态度让大家觉得他是真诚的。

"在新闻业里这种实践实在太稀缺了。"他心想。

他也知道。只要经历过，就能体会到，言语往往是欺骗性的。言语之间能够隐藏多少事物啊。相反，是眼神，那些复杂的眼神，能够证实人们的感受，是人们了解他人的最佳证明。

索朗日被拉里的淳朴打动，她并不清楚自己为什么会这样。她观察着坐在族人当中的他，意识到他确实是想从痛苦悲伤的背后去理解他们。

"你为什么要让西尔维斯特和我父亲告诉你那么久之前的事儿呢？"她问拉里。

"因为人们的生活都是在出生前很久就开始了。"他回答道，"如果没有你父亲对土地的眷恋，你一定和现在的你截然不同。"

索朗日亲眼见证了父亲慢慢地走出沉默。她也更加专注地倾听起西尔维斯特的讲述来。比如，他讲起了她所熟悉的1931年发生在佩洛斯-班豪斯岛的大反抗运动。

拉里希望大家讲讲被驱逐的经历。他很诧异的是，当查戈斯人从家乡被赶走的时候，他们居然没有任何暴力形式的反抗。第一次，索朗日认真地听着西尔维斯特讲起这段过去。

"这还是我祖父告诉我的。"西尔维斯特开始了讲述，"8月31日，总管下令让15个人去小湾岛那里搬椰果。这是个异常艰巨的活儿！男人们早就累得不行于是都拒绝了。他们冲到烧椰子壳的机器那里取下了金属棍威胁头头儿。接下来几天，女人们也不干活了。总管最后只好接受给所有人减少工作量。"

"虽然总管让步了，男人们还是拒绝给从毛里求斯来的船卸货。冲突持续了三个多月。"

"总管彻底失去了权威。他没办法，只得同意降低肥皂的价钱，还答应了一些新的工作条件，还给大家提供更多的酒。"

西尔维斯特笑了，拍拍额头，弓着腰，手里攥着一瓶酒，朝海边走去。

"后来啊，"他转过身来又抛出了一句，"英国人来了！我们的损失大了！他们把我们打趴下了！我们都忘了战斗这回事了。"

西尔维斯特走远了，撒下一两声苦笑。

索朗日开始思索起让西尔维斯特记忆犹新的这个故事的寓意来。大反抗运动是人们还能直起腰杆、骄傲抗争的历史见证，而保

拉
里

087

留这段记忆真能让他克服内心的忧伤吗？

索朗日越发感觉到自己被这位能用简单明了的语言表达复杂事物的记者给深深吸引住了。在他身边，她觉得自己更加理解了族人们。

"我不知道该怎样感谢你。"拉里对她说，"你不只是一名翻译，是你拉近了我和大家的距离。我刚来的时候，我对你们的世界一无所知。现在，幸亏有你，我都能和西尔维斯特还有你父亲一起喝上一杯朗姆酒或抽上一根烟了。现在，我更了解情况了。"

有索朗日陪同的时候，拉里工作非常勤奋。一天晚上，在萨林斯港，拉里折上笔记本，上面记录了几个小时的观察与思考。他抬起头，看着裹在皱巴巴裙子里的索朗日，美丽动人。她袅袅婷婷地站着，看着大海，夕阳的倒影正与海浪嬉戏。她闭上了眼睛，在波光粼粼的潟湖旁度过的童年时光又重映脑海。

索朗日感觉到拉里靠近了自己，却不敢睁开眼睛。当拉里把她拥入怀中，她轻轻地唤了他的名字。拉里温柔地把她抱起来，"你真是美极了！"

* * *

拉里回到酒店，在键盘上敲下报道的前几行字。

"他们的经历是我从未经历过的。写下这些文字，是因为我必须要将他们告诉我的一切写下来，也是因为应该有新的书籍和影片填补和丰富旧书籍、旧影片的空白，就好像丢失的影像需要新的图片替代一样。查戈斯人的档案馆需要第一块石头的奠基。"

"写下这些文字，是因为每一段见证都应该添加到既有的见证中，无论这些话语是否已被别人表述过。关于这段故事，我们所写的还远远不够。之所以写下这些文字，是因为在与那么多查戈斯男人女人交谈之后，我相信事实的真实性。"

"写下这些文字，还因为无论在何处，记忆不应该在谎言和遗忘中消散。我写下他们告诉我的这一切，是因为其他人假装这一切从来不曾发生。写作，是对那些否定论者的回击。"

索朗日回到了家中。一个影子从栅栏边晃过。阿比曼尤出现在露台上，衣冠不整。她曾经认识的那个迷人军官不见了，现在变成了一个黑影。阿比曼尤喝了酒，跌跌撞撞地扑向索朗日，想要抱住她。索朗日连忙躲闪。阿比曼尤醉了，他嫉妒索朗日给拉里的那些帮助。

她明白了，他在跟踪她。她开始防卫，尝试逃跑。阿比曼尤扑向索朗日，踉跄了一下，撞上了一张椅子，然后抓住了她的脖子。她闻到扑鼻而来的酒气，感到一阵恶心。索朗日推开他，不料却被扯掉上衣。阿比曼尤抓住她的头发，大声喊道他爱她。

"你是我的。我要和你一起生活，你要明白这一点。"

阿比曼尤粗暴地脱下她的衣服。

"你就是个岛上的流浪汉！没有我，你早就进妓院了！"

他撕破了索朗日的裙子。索朗日挣扎着，啜泣着，动弹不得。

伤痕累累的索朗日用尽力气推开了他，阿比曼尤重重地摔在了地上。索朗日颤抖着站起来。阿比曼尤猛然意识到自己罪恶的举动，忙起身整理了制服。他想说点什么，但他知道太迟了。他转身离开了。

"妈妈，妈妈！"

拉
里

迪戈哭着跑进房间，索朗日擦去泪，重新系好上衣和裙子。不过，乱蓬蓬的头发和肿胀的脸出卖了她。

"妈妈，你怎么了？"

她抬头看着迪戈，面如死灰。

"你爸爸刚回来了。"

索朗日蜷缩着身体，像曾经在船舱里那样。她觉得自己肮脏极了，疯狂地清洗起身体的各个部位。

第二天，索朗日去了药店。回来的时候，她竟然吃惊地发现阿比曼尤坐在走廊上，迪戈坐在他的膝盖上。她先是惊慌失措，然后一阵怒气袭来，让她产生想要杀人的冲动。

"我请求你原谅！求你了！"阿比曼尤恳求着。

"如果我去了警局，你和你的家族就完蛋了！"索朗日压低了嗓门，看着他的眼睛，"强奸案！即便是强奸一个可怜的岛上来的女孩，那也是天大的丑闻！"

索朗日随即提出了要求，"等我儿子念完初中，你就送他去英国！你必须保证！"

阿比曼尤默默应允了。

"现在，你滚吧！对我而言，你已经死了。"

* * *

拉里一个人在酒店房间里工作。索朗日已经消失了好几天。有人告诉拉里，索朗日最近很痛苦。

一天晚上，在沙滩上，拉里向伊鲁瓦人讲述了所有他们并不熟知的有关自身的历史。25 年来编织的谎言在解密后的绝密文件中逐渐被揭开。

他向他们解释了 1965 年伦敦会谈的情况。那一年的 9 月 20 日，英国和毛里求斯就独立问题展开谈判。毛里求斯总理西沃萨古尔·拉姆古兰①率团前往兰开斯特大厦。殖民地事务大臣正在那里等待他们。

拉里向大家描绘了花园的美景、奢侈的排场、宏伟的大厅以及通往大殿的壮观双舷梯。"英国人就是这样。"他说，"他们总是刻意彰显自己的历史和实力，先镇住对谈方，再展开谈判。"

西尔维斯特和其他人听闻后都惊叹得张大了嘴。

"事情其实很简单。"拉里说，"英国人想要摆脱殖民地，拉姆古兰想要毛里求斯独立，但英国人想要为盟友美国人留下查戈斯群岛。美国人一直在幕后跟踪事件的进展。谈判初始，英国人小心翼翼地不提迪戈加西亚岛，不过，这就好像小丑想要保守秘密一样。最终，谈判提到以分离群岛作为独立的条件。拉姆古兰坚定地回绝：'绝对不可能。'"

然而，毛里求斯人之间对此也有着不同意见："该岛仍然属于毛里求斯，我们将在独立后和美英双方谈判租约问题。"

对英国人而言，这个提议也是不可接受的。美国人强调，他们只和英国人打交道。其他人绝不可能参与其中。会议结束。

"事情真的就是这样发生的吗？"让·罗伊问。

"是的。"拉里说，"3 天后，拉姆古兰再次和英国首相在唐宁街 10 号当面会晤。"

---

① 此时拉姆古兰刚被授予爵士爵位。

拉
里

"哈罗德·威尔逊静静地点上烟斗，抽了两口之后，他提出了问题：首先，让我们明确一点。迪戈加西亚岛的问题和独立没有任何关联。我们现在身处冷战正酣之际，英国不仅要能够保卫英联邦，而且还要在联合国的支持下承担起捍卫和平的自身使命。"①

"真是不可思议。"西尔维斯特说。

拉里指出，"威尔逊胆大包天。一方面，他准备违反联合国决议，另一方面，他又宣称以联合国名义开展安全行动。但不管威尔逊的说法是什么，毛里求斯独立问题和分离查戈斯群岛问题无疑是同一份档案"。

"最终，英国人冷漠地给出一个总结性提案：你们有一个选择，要么带着独立的身份回到毛里求斯，要么以没有独立的身份离开。"

英国人一番算计后成了赢家，快速击中了对手的要害。

11 月 5 日，英国总督在路易港召开部长会议，同意将查戈斯群岛分离出来。8 日，女王会同枢密院商议此问题。女王宣布，"我同意"。英属印度洋领地官方宣布成立。

"这下可成了我们的大灾难了。"一个伊鲁瓦人说。

"是的。"拉里回应道，"这个古老程序以这种方式结束。必须还要清楚的是，在议会上，没有人有发言权。"拉里总结说。

"想想看，那都是 25 年前的事了。"一个女人叹了口气，消失在阴影中。

---

① 参见会谈笔录，转引自 Jean‑Claude de l'Estrac, *L'AN PROCHAIN À DIEGO GARCIA...*, Mauritius：ELP Publication，2011。

拉里观察着围拢在自己身边的伊鲁瓦人。这段对历史的追述让他们十分痛苦。拉里理解那些在沉默和哀叹背后的感受。他了解他们，知道他们正处在一种混杂着悲伤、愤怒和被遗弃感的复杂情绪中，忧愁郁闷。

"你知道。政客在选举运动期间经常说要捍卫我们这些人的利益，但是选举结束后，这些人就不管我们了。他们之间相互争斗，没错，但那是为了权力。"西尔维斯特对拉里说。

拉里被伊鲁瓦人抗争的激情深深吸引了。虽然他只了解某几个时期的抗争故事，但对他们在整个抗争过程中表露出的恼恨情绪，拉里也是毫不怀疑的。

1982 年，在签署补偿款协议之前，英国人又强加了一个条款，禁止伊鲁瓦人在 5 年期间提出任何政治诉求。示威游行也是被禁止的。这些"失根者"领到了补偿，街道安静了，然而悲伤却并没有消失。

"这些英国人在想些什么呢？"费尔南喊起来，"5 年之内我们就失忆了吗？难道他们就没意识到，他们给了我们 5 年让我们去思考未来？我们的未来，就是要回岛上去！"

禁令结束了。查戈斯人再次抬起头，想要和英国人在国际法院对峙，捍卫对土地的主权。等待使得他们的烦恼倍增。他们谈论着、询问着，要求知道发生了什么。

他们阅读了解密的外交部机密信函，其中描述他们是一些与海鸥共享群岛的"人猿泰山"和"星期五"。这样的表述让他们惊愕地发现，原来英国人用来说服联合国的可耻计谋居然是，他们并不算是真正的原住民。

拉
里

关于奴役，信中只字未提。关于法兰西岛的殖民者将患麻风病的奴隶送到查戈斯群岛之后所留下的殖民奴隶后代的历史，只字未提。

只字未提！即便如此，如果查阅路易港和伦敦的档案，人们依然还是会发现他们的名字和籍贯……埃尔奈斯汀·玛丽·约瑟夫·雅克被送到了迪戈加西亚岛。约瑟夫和宝琳娜·波纳去了佩洛斯-班豪斯岛。米歇尔·列卫廉来自莫桑比克。普鲁当斯·列卫廉来自马达加斯加。林多·科托瓦来自印度。戴佛利·雷雷热来自毛里求斯。阿纳丝塔夏·雷热尔在三兄弟岛。①

这就是伊鲁瓦人所了解的全部事实。自此，他们知道了 1966 年美国人在和英国人签署租约之前，要求岛上要被彻底"清扫干净"。② 他们不禁问道，这些自称"自由世界"的捍卫者怎能厚颜无耻到如此之地步！

拉里对英国人为达到目的而展现的无耻嘴脸早就见怪不怪了，但此次英国人使用的花招计谋还是使他颇为反感。他乘坐了前往伦敦的最早航班，决心要在历史的故纸堆里仔细查找一番。

* * *

1990 年 2 月底，伊鲁瓦人再次在殖民公司花园安营扎寨。新

---

① 参见 Herbert G. Gutman, *THE BLACK FAMILY IN SLAVERY AND FREEDOM*, (*1750-1925*), New York：Vintage, 1976, pp. 185 - 201, 转引自 David Vine, *ISLAND OF SHAME：THE SECRET HISTORY OF THE U. S. MILITARY BASE ON DIEGO GARCIA*, Princeton：Princeton University Press, 2011。

② 参见 John Pilger, *FREEDOM NEXT TIME：RESISTING THE EMPIRE*, New York：Nations Books, 2007, p. 25, 转引自 David Vine, *ISLAND OF SHAME：THE SECRET HISTORY OF THE U. S. MILITARY BASE ON DIEGO GARCIA*, Princeton：Princeton University Press, 2011。

一轮绝食抗议开始了。对于这样一批失去了故土的人来说，回到故土的念头是挥之不去的。5 天后，老佩尔玛因为身体不适退出了。两个新人——亚历克西·鲁克瑟兰和纳代日·埃德蒙加入了运动。

两周之后，年轻的里绍坚持不住了。连续十五天无休止的抗争运动让他们疲惫又虚弱。西尔维奥要求顽强的莉塞特、丽塔和查尔斯雅每天必须到一名年轻的志愿者医生那里例行检查身体状况。

绝食的时间在延长，巨大的不确定性萦绕在西尔维奥的脑海。不过，工会和政治领袖给抗争运动带来了一些新活力。此时，还有危险的龙卷风正在靠近毛里求斯。

示威活动在路易港的街道上行进。在花园绝食的抗议者也受到了来自所有贫民窟的伊鲁瓦人的支持。风暴把大家浇成了落汤鸡，他们排成一列，弯着腰艰难地移动。大雨如冰水浇注，狂风猛烈地摇晃着小岛，但龙卷风也依然阻止不了什么。防暴部队的装甲车整晚在街道巡逻。

天亮了。天色阴沉灰白。棕榈树下到处是被风暴撕碎的枝叶，抗议者的庇护处被彻底破坏，纸箱和泡沫垫子也被损毁了。示威者围攻了美国大使馆驻地罗杰斯宫（Rogers House）。

美国大使彭妮·科思（Penny Korth）倒是睡得挺好。这是一名高个，举止优雅，并且气色极好的女性。她接待了伊鲁瓦人的代表。在读过他们递来的信件后，她以一种外交官的冷淡态度回复说："我的国家只是迪戈加西亚岛的租客。"听罢此言，一种挫败感袭来，伊鲁瓦人并不赞同这种说法，他们小声议论着，愤怒之情无以言表。这种愤怒是无声的，却是真实存在的。查尔斯雅评论说这纯粹是挑衅。大使则否认美国是这场"悲剧"的责任人。

拉
里

莉塞特和其他伊鲁瓦人代表默不作声。屋外的示威者在咆哮。"失根者"的队伍再次向着城市出发，辗转来到了政府大楼，最终遭遇了"滑铁卢"：他们为期最长的罢工示威还是以失败告终。

* * *

拉里从伦敦返程，他被告知伊鲁瓦人刚刚输掉了一场"扳手腕"比赛。虽说结局已定，但看到 20 多年过去泥潭般的生活始终未能动摇他们顽强抵抗的意志，这令拉里既悲哀又钦佩。他暗自思忖着，索朗日最终还是会从母亲手中接过"失根者"抗争的火炬，而至于奥利弗，拉里则坚信他一定会顽强斗争到最后一刻，直到把母亲丽塔带回"那里"。

拉里重新逐一阅读了毛里求斯的简报和他所能查阅到的文件，他所拍摄的照片，记录的笔记和录音机上记录的访谈，还有认识的这些伊鲁瓦人所留下的证词。

一位老年妇女给拉里留下了登上诺达威尔号之前英国人签发的文件，上面还有她的拇指印。

"要我说，这个文件从来没起到过什么作用。"当时她对拉里说，双眼噙满泪水。"有了它，我还是没有住的地方。"她接着补充了一句，"但是它对你有用，这张纸，有了它，你就可以给大家看看，我们是怎么被欺骗离开佩洛斯-班豪斯岛的。"

拉里注视着这张泛黄的、皱巴巴的甚至是破破烂烂的纸。它曾经不断地被展开，再折叠，然后再展开，去伸张应得的权益。正是这样的反反复复，才让纸张呈现出如今这般的状态。

这么多年过去，老妇人终于明白了，这张纸根本就没有什么价值。现在没有，将来也不会有。在明白这个道理之后，她最终选择了与它告别。

在桌上摊开的一堆文件中，还有四张邮票，上面印着贴着伊丽莎白二世肖像的诺达威尔号。诺达威尔号正是那艘运送"失根者"们的"灾难之船"。

这些邮票是为了纪念诺达威尔邮局成立五周年而专门流通入市的。当时，诺达威尔号承担的是邮局办公室的角色。费尔南·曼达林给了拉里这艘船的最后一张照片。这个举动可谓是极有象征意义，因为诺达威尔号后来在塞舌尔的一个小岛上搁浅了。海浪、铁锈和海风正一点点从水面上抹去这艘承载着悲伤记忆的船只身影。

为了欢送拉里离开，拉斐尔去捕了鱼，女人们准备用椰汁烹鱼。丽塔还是一如既往地和这位美国记者谈论"那里"的生活。大家一起享用了米饭、蔬菜，还有两道著名菜肴。一道是鱼肉，称作色拉（Seraz），是用少许油、椰汁和辣椒一起烹制的，配上一种被称作"牛舌"的绿叶蔬菜，十分美味可口，可以和着咖喱一起吃，也可以做成酸辣酱。另一种更为美味的则是被称作卡朗加力（Karangali）的佳肴，是把海龟肉煮熟后，再和着香料、洋葱一起煎。丽塔给大家分享了这道菜谱，脸上露出嘴馋的笑容。"这个要趁热和米饭一起吃。"她给大家叮嘱说。但很快，她的笑容就消失了，卡朗加力的美味回忆只会提醒伊鲁瓦人，幸福已经失去了。

接下来，塞卡舞（Séga）又驱赶了忧伤。火光在跳动，女人们也跳动起来，伴着拉万那（ravann）① 的鼓声在火光的微亮中舞

_____

① 为塞卡舞伴奏的长鼓。

拉
里

动。火焰让大家焕然一新。拉里目不转睛地看着索朗日。她赤着脚跳舞，双脚轻触地面。玛丽莲和她一起在塞卡舞微弱的节奏中跳起来。在轻盈而自由的舞动中，玛丽莲忘记了忧伤。过去的夜复一夜，她登上外国海员的船，用身体做起了交易。

她们的身体扭动着，彼此贴近。让年轻人扭动起来的欢乐是很有感染力的。其他年纪稍长的女人们，尽管生活给她们留下了疲惫和忧伤的印记，也在这律动中忘记了年龄。沙滩、音乐、火光掀起的欢乐云雾让她们彻底沉浸其中。

"这么多女人在一起，就像同一个人似的。"拉里说。

"说得没错。"奥利弗说道，"她们那么艰苦地抗争，只有斗争胜利的果实才配得上这些牺牲。一位智者曾言，若没有我们的女人，我们就不再是一个民族。对于我的民族来说，这句话尤其在理。"

夜晚很热。不止一个男人不胜朗姆酒的酒力醉了过去，可让·罗伊依然清醒。

西尔维斯特回忆起岛上的周六时光，笑着说道："那个时候，清扫完总管的庭院和房子，我们就去狂欢了。"

"夜晚很长。伊鲁瓦人常常聚会到黎明时分才散开，喝多了椰子酒醉醺醺地回家去。"

"大家一起跟着舞蹈的节奏扭动，一些人直到黎明拥抱了彼此才结束狂欢。还有一些人则醉倒在椰子树下。"西尔维斯特向拉里描述着，"整个晚上都在喝酒，喝的是巴卡酒。我准备了好几瓶，提前几天埋在地下。"

"卡鲁酒呢?"拉里问。

"我做的是最好的。"让·罗伊说，"只要喝一口，对生活的感受都不一样了，大家都超级兴奋。"

他没有把自己的配方说出来。幸好！要不然太可怕了。拉里心里想着，一边笑出了声。

"手风琴呢？你还记得吗？"

在所有的聚会上，都会在很晚的某个时候出现这样一个时刻，爆发突然的沉默。这个晚上也是如此。也许是因为他们正在记忆中寻找音乐的回响。这音乐的曲调从很远的地方传来，需要好长一段时间才能抵达。

这个问题被提出来后，大家沉默了。所有人躺在沙滩上，火堆的火苗跃动着，噼里啪啦。整个现场只能听到它的声音。

莉塞特独自一人远远地待在一边，缓缓站起身。她的动作如此之慢，吸引了所有人的目光。大家看着她走了几步，跨过待在火堆前的人们，向着漆黑的海滩走去。她再次坐下来，面朝大海，高声唱起来：

"绿色的佩洛斯-班豪斯岛，它的周围，是黑皮肤的儿女……"

一阵柔和的鼓声响起，手指摩擦在拉万那鼓面的声音依稀可辨，伴随着这流亡的诗篇。

"多么奇怪的音乐啊。"拉里心想，"刚才还那么活泼振奋，现在听起来却是那么哀痛悲伤。这就是不加雕饰的声音的力量。只是简单的表达，就足以震撼灵魂。"

扔进火堆的木柴也掀不起太大的火苗来。大家在海滩上，看着水面之上那远处的星星在移动，这片海水此刻也正流经他们的岛岸。大家谈论起神灵的故事。拉斐尔讲起自己神奇的捕鱼经历，西尔维斯特则讲述起其他故事。

这是关于小偷和隐形宝箱的故事。超自然的事物就隐藏在这些

拉
里

诗意的名称之下。西尔维斯特充满感情地讲起故事中一个神奇的姑娘。她化身成一个巨大的螃蟹，具有点石成金的能力，专为好人服务。

"这是属于我们的秘密！"拉斐尔说着，眨了下眼睛。

接下来，再次陷入寂静。

查尔斯雅的声音响起，回荡在整个夜空。她唱起了一出悲剧，故事的主人公仿佛生活在煎熬的地狱。

伊鲁瓦人记得无数的歌谣和神话，足以唱上好多个夜晚。

拉里陪伴索朗日回到圣克鲁瓦。走到通博湾，他们下了石梯，跨过浅滩，坐在沙滩上。一颗流星亮了，然后陨灭在夜空。一阵微风袭来，索朗日打了个寒颤。拉里脱下外套，盖在她的肩上。拉里将索朗日拥入怀里，两人一同沉醉在温柔的夜里。索朗日的卷发在沙滩上铺展开来。拉里的爱抚、温柔和激情像一剂良药，让索朗日重新振作了起来。

高高的天空让她想起她的岛。厮守缠绵过后，两人紧紧搂在一起。她起身，赤脚走向水中。拉里一把拉住了她。

"我要去美国了。"他低声说，"然后再去中东。"

他还说，自己想要再见到她，会带她去旅行，他还会给她写信⋯⋯

索朗日觉得自己快要晕厥过去，体内有一团东西在灼烧。她哭起来。脑子里一片混乱。她多么希望海洋此刻就敞开一条缝，好把她吞噬进去。过了好一会儿，她才觉得自己活过来。未来再次变得晦暗。她是走不了的，这点她很清楚，就好像她一直很清楚自己终将是"贱民"中的一名伊鲁瓦人一样。

"我只有迪戈。"她心里这样想。在无尽的忧伤中，儿子迪戈的形象浮现了，弥补了她刚刚失掉的勇气。

"沙漠风暴"

1991 年 1 月 17 日

伊拉克

　　布什总统坐在椭圆形的办公室向全国直播讲话。全世界都竖起了耳朵。

　　"在我的命令下，盟军开始打击关键军事目标，以削弱萨达姆发动战争的能力。"他说。

　　海湾战争开始了。迪戈加西亚岛准备好了。它的战斗机向巴格达集结。一些战斗机中队从聚集在地中海的英国、法国、美国的航空母舰上起飞，还有一些从海湾国家起飞。巡航导弹瞄准了伊拉克的战略目标，将对其实施精准打击。还有敌人的空军、机场、导弹发射架、通信中心、雷达站和防空炮台都被悉数摧毁。

　　全世界的电视台都在转播喷气式飞机起飞的景象。机尾喷出火焰，引擎在轰鸣。

　　CNN 和卫星电视把战争变成了全世界的一场大型表演。战争！多么引人注目！所有的紧张、焦虑、恐惧、恐怖都有了合理的出口。大国通过这种方式为这场铁与火之战制造国际舆论。所有能被展示的东西被传播，再被转发，继而无限循环。

五个月之前，即 1990 年 8 月 2 日，萨达姆·侯赛因入侵了科威特。一夜之间，迪戈加西亚岛成了美国战略的重要支撑点。

潟湖中的 18 个战争工事已经准备好应对一切突发之势。岛上有一个预先部署好的 15000 人部队、123 辆坦克、125 架飞机等，以及足够维持一个月的弹药。目前只需等待出海的命令下达就可以了：8 天之后，美军在沙特阿拉伯开始行动。

其他从美国出发的部队早已花一个月时间抵达了迪戈加西亚岛。①

与此同时，岛上的军事活动频次增加了 20 倍，基地的人口在几天内增加了 1 倍。战略空军司令部还在迪戈加西亚岛上部署了一支轰炸中队和其他空军部队。

迪戈加西亚岛将是美国在海湾地区实施军事行动的主要基地。建立在环礁基地上的"梯队系统"使得美军能够控制军事行动，并向伊拉克的土地投下 85000 吨炸弹。

这些事情虽无人看见，但已众所周知。费尔南·曼达林能想象出这些场景，他痛苦得快要窒息。虽离得远，但光是从电视屏幕上看着那些喷气式飞机的飞行员开足马力进攻，就仿佛感受到自己脚下的土地在战栗。西尔维斯特惊恐地看着"那里"，自己的家园变成了被诅咒的土地，连神灵都抛弃了它。他无声地哭泣起来，蜷成一团。悲伤击倒了他，将他撕得粉碎，如同那些被彻底粉碎的记忆

---

① 同前引 David Vine, *ISLAND OF SHAME: THE SECRET HISTORY OF THE U.S. MILITARY BASE ON DIEGO GARCIA*, Princeton: Princeton University Press, 2011。

一般。

拉里从巴格达给索朗日写了一封信。

"目之所及，全是死亡。到处都是死亡！和平还遥遥无期。这场肮脏的战争过去后，他们将要给这种毫无正义理由的举动辩护。到时候，想要捍卫我们的权利将会更加艰难。"

伊拉克人大批死去。惶恐的孩子们和受到惊吓的妇女们四处逃窜。尸体堆满了大街小巷。这场让超过 35 个国家卷入其中的战争，顷刻间就已结束。然而，战争留下的，只有无数的肢体残骸，这一幕，让拉里深恶痛绝。

"沙漠风暴"行动如其名所示，地面防御根本无法抵挡其攻势。伊拉克坦克车焦黑的硬壳躺在沙漠中。从空军的视野向下看，方圆百余公里，科威特的油田上空升起缕缕黑烟。萨达姆命令溃败的士兵在撤退前烧掉这些油田。伊拉克"跪"下了。迪戈加西亚岛军事基地在战争中发挥了举足轻重的作用。

这一点，拉里非常明白。在夜夜观看战斗机如何摧毁这个独裁国家的过程中，他就明白了。迪戈加西亚岛的位置十分关键。

"查尔斯雅的梦想可能要化为泡影了。"拉里在日记本上记录着。随后，他开始给索朗日写信说："我说服了《华盛顿邮报》发表我写的关于'失根者'的报道。"

索朗日刚阅读完这封期待已久的来信，她马上又收到一封来自巴格达的电报。

"杰夫死了。"拉里告知她，"他的飞机被击落了。我哭了。我想回去，我要离开了。很可能去洛杉矶。"

自这一刻，索朗日知道，他再也不会回来了。

* * *

坐在圣克鲁瓦的走廊上，索朗日擦着泪，呜咽、啜泣着。她打心底里害怕。她知道，她害怕的，其实是别的东西：她怀孕了，这是拉里的孩子。

在从工作的纺织厂下班回家的路上，她常去拉瓦尔神父的墓上祷告。途中，她还会在家附近的一座小寺庙前停留。早些时候，阿比曼尤曾给她讲过印度教中信奉的神灵和女神，轮回转世的正法和因果业力。她向神灵倾诉了她所承受的痛苦，并请求神灵支持她，不要抛弃她的族人。

索朗日怀孕的消息在工厂里传开了。母亲艾维不再像她第一次怀孕那样对她，这次倒是尽心尽力照顾起她来。

这一年7月，安杰拉出生了。安杰拉，当然了！Angela！拉里不止一次给索朗日提起洛杉矶——Los Angeles，天使之城！

"你将是一个小小伊鲁瓦人。"索朗日轻晃着怀里的婴儿，对她说。

* * *

迪戈在祖父母家度假。让·罗伊和西尔维斯特带他去海边。祖父跟他讲起家族的故事，是关于在"那里"的真实故事，还有一些岛上其他人的故事。

迪戈只有11岁，但已能识别出悲伤的信号。

让·罗伊向他描述了萨洛蒙岛上的小教堂，神的言语极有威力，给每个人的生命都打上了印记。他还讲述了某些个礼拜天的日子里，在来自毛里求斯的牧师布道完之后，大家总会聚在商店里，喝完一瓶蒙波酒。

西尔维斯特静静地听着朋友追忆在潟湖旁嬉戏玩耍的时光，眼神在地平线放空。迪戈想象着这个无忧无虑的世界。追逐海龟的故事让他很兴奋。祖父讲道，当有人抓住一只海龟，就必须把它带到总管面前，就是那个脸像刀刃一样瘦削的混血男人，总把自己看成殖民官。

大部分时候，大家会把海龟宰掉，把肉分给大伙儿，这就相当于狂欢节了。塞卡舞会如火如荼地进行。

迪戈听着有关这个消失世界的种种叙述，觉得很是有趣，不过，这一天的早晨，祖父让·罗伊在他看来倒是有点心绪不宁的样子，和以往不大一样。

"我要告诉你一个秘密。"让·罗伊弯腰低声对迪戈说，"有一天晚上，我得知我们必须要离开岛上了，于是我就诅咒了大海，还诅咒了神灵和祂创造的一切。"

少年试图想象出这一幕，他闭上了眼睛，于是，祖父的声音听起来比平时更加低沉、沉闷了。

"所以现在，"他说，"我们要接受神灵的惩罚了。"

让·罗伊起身，拿起鱼饵准备扔向水面。迪戈读出了他脸上悲伤的印记。这个年迈的男人转过身又在迪戈的身边坐下。

"一切都是属于大海的。"他说，"一切都要回归大海。我死后，我才不要什么职业哭丧人。这些人聚在一起就是为了在葬礼上找点儿钱。葬礼之夜我们还需要钱买点酒、茶叶、糖和香烟。"

迪戈感到有点震惊，毕竟孩子不喜欢死亡的场景。让·罗伊继续讲起来，"在喝完酒之后，男人们会开始驱赶死者的亡灵，接引我的人要摇动椰子树的椰子，把我引往天堂之路。我不想让别人抓住我死去的身体还糟糕地对待它，就让我的灵魂独自走掉吧。我也不想要什么昆虫人①。"

迪戈默不作声。索朗日曾经和他说起过灵魂的接引人，还有那些曾被牧师禁止的岛民关于死亡和祭奠的仪式。让·罗伊闭上了嘴，看着自己的小孙子。

"你的故事让他害怕了。"西尔维斯特突然冒出一句。

其实让迪戈不能动弹的，是让·罗伊言语间流露的沉重。这个声音似乎不再是那个熟悉的祖父的声音。这个声音那么深沉，回响在耳边，似乎从遥远的时空传来。

---

① 人们虚构的死神的化身。

返岛权还是主权？

1992 年

卡西斯

奥利弗·班库尔特这一年 28 岁了。

学童时期的梦想再也不可能实现了。他从来没有跨进过皇家中学的大门。仅靠着一张中学毕业证明，他找到了一份工作，成了一名电工，但"生活"却一直"在别处"。

他目睹了破坏、绝望、衰退的种种景象，见证了莉塞特、查尔斯雅和丽塔的坚定意志，看见了拒绝接受宿命的人们的抗争及失败，也看见了失败的背后，还有一场场打赢过的战斗。

他毅然决然地投入其中。

奥利弗见证了毛里求斯政府走马灯似的更替，查戈斯人的灾难与危机却年年延续，不见终结。

保罗·贝朗热为查戈斯人奔走行动，一同行动的还有贾格纳特。贝朗热希望查戈斯人的诉求能够由设在海牙的联合国司法机构——国际法院得到裁决。贾格纳特则让英国人同意毛里求斯代表团访问群岛。虽然还协商了捕鱼权，但无果而终。

费尔南全身心投入到米歇尔兄弟的斗争中，想要在国家档案馆中找到关于独立条件的谈判相关内容。这些档案应该能够证明抗争的正当性，但最终他一无所获。

奥利弗成了"查戈斯难民组织"的领袖。会旗的颜色与返回祖先故土的权利相比，显然后者更为重要。

重要的是争取返岛的权利，以及货真价实的赔偿款。"这些权利都是不可剥夺的。"奥利弗坚定地说。

然而，在斗争的性质上，伊鲁瓦人之间产生了分裂。有的人是为了结束英国人对岛屿的控制而抗争，对他们而言，"失根者"所谓的主权是不容商量的，返岛的权利只会在结束与英国人的斗争之后随之而来。这就是刚刚当上伊鲁瓦信托基金委员会会长的费尔南·曼达林的立场。

"我不想让大家再说自己是伊鲁瓦人了。"他喊叫起来，"从今往后，我们都是查戈斯人！我们是一个民族。将来，我要以这个身份出现在非洲统一组织和联合国面前。"

面对质疑、沉默，他需要用热情去驱散阴霾，去聚拢民意，去说服大家，告诉伊鲁瓦人如果他们不能承担自身的苦难，那么他仅凭一己之力难以将"失根者"的声音传递到高处。

当费尔南四处邀请人们为他的斗争事业资助时，他不断受到批评指责。可法律费用总是要支付的。律师埃尔为·拉西米朗为这桩案子正在作准备。

这就像是在慈善募捐，人们这样指责他说。

费尔南和奥利弗体现的是两种真诚，两种战斗。

"要敢想敢干！"奥利弗对大家说，"要想和英国打官司，首先就得是英国人。好吧！那我们就是……"

他说的没错。自 1965 年英属印度洋领地成立之后，查戈斯人已经拥有了一本英国护照。

人们指责奥利弗利用其英国国籍在伦敦高等法院辩护，结果只会让英国人占便宜。而费尔南，他一直拒绝使用这种方式斗争。

此后，双方之间还出现了一些颇具伤害性的含沙射影之词。人们甚至要求对奥利弗管理的资金运作情况进行说明。

"我们的钱是怎么被分掉被花掉的?"

"我们的孩子还需要借钱才上得起学，路还长着呢！这根本就没法接受！"

奥利弗回应道："敌人不是费尔南，是英国人。"

* * *

1997 年

日内瓦

查戈斯人

6 月底，费尔南第一次到访了万国宫，这座位于莱芒湖畔气势恢宏的白色建筑，在两次世界大战期间曾是国际联盟的坐落地，如今成为联合国所在地。

这一天，万国宫内正举行联合国论坛。费尔南一边走着，一边下了决心要让大家在此处听到查戈斯人的声音，如同美国的印第安人、加拿大的因纽特人、图瓦卢的波利尼西亚人和澳大利亚的原住民会所做的那样，要求行使他们的基本权利。

费尔南身着西装夹克，与身着传统服装的一百名受压迫的本民族代表们一起游行，他觉得十分不自在。

"你们的岛在什么位置?"一名联合国代表问。

"这里，在印度洋。"费尔南打开一张地图，指着赤道下面的几个小点说道。

然后，费尔南在大厅就座，他的身旁是律师拉西米朗先生。

他们都很焦虑，11 点时，会轮到他们发言。他们只有 7 分钟时间让大家听到查戈斯人的故事。只有 7 分钟，要让大家知道他们 30 多年来的磨难与抗争。

轮到他们了。

拉西米朗先生站起身。他个头很高，表情威严，他用强有力的声音讲述了从被奴役到被流放，再到被蔑视、被污辱、被损害，被无耻和虚伪对待的故事。从他的口中，查戈斯群岛人们的形象活生生地站在了世人面前。

"几个世纪以来，查戈斯人已经成为一个有了根的土著民族，有着自己的价值观和文化。主席女士，他们有返回自己岛屿的权利。联合国决议赋予了每个人返回故乡的权利。"

"禁止查戈斯人行使这项权利是一桩巨大的罪行!"

大厅里的费尔南静静地听着，大为震动，他们的声音终于传到了世界的另一端。接着，他起身向代表团成员们挨个发放文档资料。

"我强烈申明我们对群岛拥有主权!"拉西米朗先生做总结陈词。

他的话音刚落不久，在大厅另一端的英国代表站起来发言，

"主席女士，查戈斯群岛属于英属印度洋领地……"

这丝毫不令人惊讶。在费尔南听来，这位英国外交官的斥责怒骂尤其让他品尝到完成使命的快感。他找到拉西米朗，用力地和他握了握手。联合国论坛将最终会承认他们的身份，这给了两人极大的信心与鼓舞。

然而，当费尔南回到卡西斯时，有一些声音质疑起他这一举动，费尔南始终没有动摇，每一天都向大家耐心解释行动的缘由。一年后，联合国澄清了事实。当拉西米朗向他宣读出这些文字，费尔南泪流满面。

"1965 年至 1973 年，查戈斯人被驱逐出其本土岛屿。"

查戈斯社会团体组织（Chagos Social Group）自此成为联合国论坛的成员。带着这个胜利，费尔南在年初组织了第一次家族游行。此次游行没有其他政治家支持。他想借此举动重新点燃查戈斯人心中的火焰。

"我们的孩子必须要知晓他们的历史，才能继续抗争下去。"费尔南这样宣称。

* * *

邮票和邮戳证实了邮件确实是从伦敦发出的。这封信很厚。索朗日一眼认出了拉里的笔迹。她的呼吸都急促了，赶忙坐在长廊的凳子上细细读起来。从字里行间，她得知了一个非常明确的信息。拉里和塞舌尔档案馆的负责人取得了联系，在那家档案馆存放着有关查戈斯群岛的毛里求斯公民身份文件的副本。拉里发现了一块新的拼图，需要把它和所有已知信息重新组合起来。

"馆长说,"拉里在信中写道,"总共有 916 份在查戈斯群岛出生、受洗和婚姻的登记证明被移交至伦敦。在驱逐最后一批伊鲁瓦人时,有一部分档案已经被英国人销毁,但记录可以至少追溯到 1878 年,并且能够证明在那个时候已经存在受洗和婚姻事实了。"

"已经非常能说明问题了。"阿里还说,"这些英文记录证明有人世世代代在查戈斯群岛出生。根据国际公约的定义,这些人就是查戈斯群岛原住民。"

"你的祖先就出生在那里。正因为此,他们就是那里的原住民! 就是查戈斯人!"

索朗日久久地握着这封信,把它贴在自己的胸口。

她没有在信中找到她所期待的承诺。拉里并没有告诉她他什么时候还会返回毛里求斯。不过,不管怎样,只要是来自他的消息,就像这封充满善意的信件,都会给她带来一点温暖,尽管这些希冀并不是她所企盼的那些。

信是几天前发出的。收到信前的这些日子,她一直处在无尽的等待中。拉里还在信中告诉索朗日,他遇见了一位《卫报》的记者罗伯特·汉密尔顿。此人和他一样,都激情满满地愿意为伊鲁瓦人的权益事业奔走抗争。

* * *

利物浦正值冬天,寒风刺骨。拉里和罗伯特在默西河畔的一家酒馆找点暖和。拉里还尚未从在巴格达所见所闻的震惊中走出来,他想向罗伯特分享自己在毛里求斯的经历。他讲述了那些相遇,以及听到的那些证言。他对那些 30 多年来被夹在悲惨的日常生活与记忆之间的人们所经历的感同身受。他们对家园的记忆犹在，但随着时间的推移，这些记忆很可能渐渐就会变得不完整。

"这是一个国家犯下的罪行。"拉里一边说着，一边在摊开在桌面的文件中找着什么。

"查戈斯人受两个大国摆布。大部分资料都是涉密的，不过我还是想办法找到了一些。看这个。"

罗伯特仔细地读起来，一旁的拉里心急火燎。他也被伊鲁瓦人的"热病"传染了，希望他的发现能够即刻被出版。拉里用手指着其中非常重要的一段文字说：

"这是在纽约大学任教的乔尔·拉鲁斯教授写的。多亏了他，我才能发现拉姆古兰在当时的矛盾立场。他以苏联的威胁来证明美国的存在是合理的，并要求美国人与其达成长期协议。"

"站在他的国家利益角度，这是可以理解的。"罗伯特说。

"没错。但仔细听听这句。"拉里说，"美国要尽一切可能通过购买或缔结一个明确的、没有任何限制的新长期租约来获得对迪戈加西亚岛的主权。所以很明显，英国并未获得对迪戈加西亚岛的全部主权。

罗伯特陷入了沉思。

"如果我没理解错这段话的话，那么这一片领土是被偷走的。"罗伯特说。

"事实就是如此。"

"撒切尔夫人曾经还提到将这些岛屿归还给毛里求斯的可能性。她就此还给贾格纳特写过信。看这一句：'英国政府承诺，当这些岛屿对英国和美国国防不再重要时，将会把它们归还给毛里求斯。'"

"她没有提到英国的主权，并且也没有给出明确日期，但是她确实说的是把岛屿还给毛里求斯。"①

还岛……这封来自铁娘子撒切尔夫人的信，让身处奥萨布尔斯角的奥利弗和其他伊鲁瓦人心中又燃起希望。

"可实际上，英国人不太会把自己在 1965 年得到的，准确地说是抢来的东西给出去。"

"确实是这样。"拉里回应道，"拉鲁斯教授认为，如果毛里求斯能提供这份证据，那么就可以适用于美国持有的租约。此外，还有件事，另一位学者蒂莫西·林奇提供了关于 1965 年谈判的资料，里面提到英国施加了胁迫（duresse）② 和压力。这个是主要的。"

"胁迫？"

"根据国际法，"拉里说，"自由决定是达成任何协议的基本要素。"

这里面考虑到了要求与胁迫的问题。

"然而，英国人宣称查戈斯群岛的移交是英国殖民地部（Colonial Office）和毛里求斯代表在双方自愿的基础上协商的结果。从联合国的观点来看，结论是如果移交群岛是以给予毛里求斯独立为条件，那么交易自始至终是无效的。这么说来，情况很严重。"罗伯特小声说道，"美英之间签署的关于迪戈加西亚的条约是在违反国际法的情况下达成的！"

---

① Strategic Review, " Diego Garcia：Political：Clouds over a Vital US Base，" 1982.

② "duresse" 的概念是指对一个人的意志施加压力，使其实施本人不会自愿做出的行为。

"更糟糕的是，"拉里继续说，"在签署伦敦协议之后，毛里求斯代表团返回了路易港。分割毛里求斯领土的建议被提交给了行政委员会，这个委员会相当于英国殖民时期的部长会议，而向英国内阁提出此建议的不是西沃萨古尔·拉姆古兰，而是总督——王室的代表，约翰·肖·伦尼本人。尤其令人震惊的是，总督将委员会的议程强加于人。部长们别无选择，只能服从。"

　　拉里将盖着"绝密"戳的官方文件复印件摊开。

　　"和你知道的一样，"他提醒说，"兰开斯特大厦会议期间，查戈斯群岛主权移交的建议是在给予毛里求斯独立国家身份通知的前夜做出的。拉姆古兰和其他毛里求斯领导者曾尝试抵制英国帝国主义的做法，他们要求在获得独立之后重启谈判。"

　　"下文如何呢？"

　　"下文？英国的首相办公室主任确确实实向威尔逊提交了一套他制定的战略恩威并施。既要吓唬，又要给希望（Frighten Them with Hope）！'另外，你再看看这一条。"

　　拉里给罗伯特展示了英国殖民地部起草的一行清晰的文字："如果他们不同意这些提议，我们将强迫他们接受。"

　　拉里还记得他告诉莉塞特、查尔斯雅、索朗日还有其他伊鲁瓦人关于哈罗德·威尔逊如何要挟拉姆古兰的时刻，他们脸上露出的那些惊愕表情。威尔逊是这样说的，"你们可以带着独立身份或是不独立的身份回毛里求斯。最好的解决方案就是根据协议移交群岛。"

　　"但是，英国人此前已经在联合国投票赞成禁止在殖民地独立之前分割殖民地的决议！"拉里接着说道。

"简直就是背信弃义！你说得对……"

拉里沉默了。他想要忘掉些什么。他离开的那个时刻，那个场景，他知道自己再也不会返回毛里求斯，知道他要去的地方比加利福尼亚还要远，知道他再也不会见到莉塞特、查尔斯雅、西尔维斯特，还有其他许许多多的伊鲁瓦人，至于索朗日，他知道她的脸庞会一直在他脑海中浮现，无论他去哪里。

第二天，罗伯特收到了远方邮寄来的"查戈斯档案"，上面附有一个备注："被驱逐已三十年有余。这份档案属于每一个知道如何使用它的查戈斯人！"

* * *

眼下这个男孩，已不再是少年模样，但也尚未完全长成一个成熟的男人。男孩有着较为英俊的外表。他一从乘客中挤出来，下了公交车就开始大步奔跑。他的步伐很有节奏和规律，就像田径运动员的步子，很轻易就跨过了一个个障碍物，非常灵活。天气炎热得令人窒息，但人们看见他这个样子，会觉得他还能跑上好一阵子。只见他神色轻松地在大街小巷间穿梭，向母亲那里奔去。这是1997年2月的一个早晨，中学大厅里挤满了学生：伦敦阅卷中心刚刚传来中学证书考试的结果。在经历了最后一刻的焦虑之后，迪戈终于可以狂喜地大喊起来——他拿到了毕业证书，并且在数学和会计两门科目上取得了"优秀"的评语。

他到家了，整个人神采奕奕。索朗日奔向儿子，哭了起来。两个人都如此幸福，紧紧拥抱在一起，难舍难分。索朗日第一次把儿子这样紧搂在怀中。

"我还要准备高中会考。"迪戈向母亲承诺。

迪戈能感觉到母亲压在自己身体上的重量。她昏过去了，晕倒了。不过，当迪戈把母亲的脸移开，发现她的表情平静而安详。迪戈唤醒母亲，索朗日对他笑了，近乎疯狂地笑起来！终于！胜利的曙光就在眼前。

* * *

1998 年
奥萨布尔斯角

塞卡乐①之王卡亚的声音在收音机里唱起来。房间里黑漆漆一片，什么也看不见。

一声痛苦的喊叫响起，有一个痛苦的身影正隐藏在奥萨布尔斯角贫民窟房间的窗帘后面。

索朗日拉开帘子，吃惊地看着眼前这一张肿胀的、青紫色的、伤痕累累的面孔。半睁着的眼睛全是血肿，几分钱的廉价化妆品就算涂了也掩盖不了什么。

"我不想和那些水手去韩国船。"玛丽莲低声说道，"所以我男人就用刀划了我的脸。"

索朗日听闻，人像冻住了一般，双手绞在一起，一个字也说不出来。

---

① 毛里求斯音乐，混合了塞卡和雷鬼音乐的特点。

"你还记得吗？我们都想找到真爱。你，你爱上了你的士兵，我呢，我爱上了个瘾君子。"

玛丽莲想要大笑，或者说是苦笑，但脸上撕裂的伤口让她疼痛难忍，哭泣也会加重疼痛。她还是忍不住哭了很久。

玛丽莲给索朗日展示了淤青的胳膊。她的瘾君子把她变成了奴隶。在毒品的驱使下，他把她送上一艘又一艘船，为他片刻的安稳找铜子儿……

索朗日抱着她，温和而轻柔，生怕弄疼了她。

"回头再来看我吧。"玛丽莲在她耳边说。

索朗日走出了玛丽莲的居所，她意识到自己本也可能遭遇和朋友同样的命运，只不过对她来说，生活是以另一副面貌展现的。生活？不如说是时间吧。时间流逝的轨迹是从花园开始的。

索朗日坐在榕树下，迪戈在她身旁。她端详着迪戈大口吃着汉堡包的样子。迪戈很快就要参加高中毕业会考了，等考试过后，她想要迪戈去伦敦，去实现她安放在儿子身上的希望。

在不远处，安杰拉和小伙伴们骑在栏杆上玩。

"再过一些时候，她也要走了。"索朗日心里思忖着，"她要去找哥哥。这令人难过。也许他们会回来看我吧，也许也不会……"

安杰拉跑回妈妈和哥哥身边。索朗日摸着她的小脸蛋对她说："等你长大了，我再告诉你一个秘密。"

* * *

30 年，这是伊鲁瓦人在巨大的希望与幻灭的深渊之间游走的时间。一年一年就这样过去，时间在悲痛和斗争的胜利中蜿蜒向前。

"还我迪岛！"

已经 30 年了。人们又重新拿出标语和横幅，在自己人中组织了一次游行。火苗是很难一直保持下去的。老一辈人还尽力吹着气，维系着火焰的微光，但每一口气都越来越短了。

30 年了！

"还我迪岛！"

在一个小型会议室里……

西尔维斯特衰老了，头发卷曲花白，看上去很像一位哲人。让·罗伊坐在他身边。查尔斯雅坐在第一排，昂着头，表情严肃。艾维，非常的疲惫，靠在索朗日的胳膊上。索朗日则尽力掩饰着自己的疲倦。

这些女性领袖们都发胖了，除了莉塞特。她站在后面，面庞比以前更加瘦削了，但目光依然很有穿透力。

在会议室里还有几位是不请自来的，尽管他们的伤口都还没有愈合：奥利弗和费尔南来了，然而和解却没有到来。它是不会来了。也没有人再等着它了。

人们想见的人是保罗·贝朗热。

他的头发已不如往日那样黝黑了，但声音还是像过去那样低沉。伊鲁瓦人需要从他的嘴里听到他说出那几个字。无论他是在反对党，还是在执政党，这几个字他已背负了多年。人们已经好几个月没有见到他了。现在，他回来了。人们一直在等待着。

"斗争还要继续！"他宣称。

这说明了一切，但这还远远不够，尤其是因为这句话并没有告诉大家怎样做才能成功。

"还我迪岛！"

查尔斯雅、莉塞特，以及所有不屈服的女性再一次攻占了路易港的大街小巷。一百多个查戈斯人给高级专员公署摆放了花圈，但英国对此嗤之以鼻。今天，这个口号仍然适用。

"还我迪岛！"

是的！但此后……

* * *

1999 年 2 月 21 日，星期日

卡亚

这本是一个美丽的夏日。

"卡亚死了。"

卡亚，是那个信仰拉斯塔法里教（Rastafarianism）的偶像歌手。他死了。惊愕，愤怒，流言飞窜。

"卡亚死了，在监狱里死的。他是被人杀死的！"

卡亚！鲍勃·马利曾盛赞他的塞卡音乐。他的音乐混合了毛里求斯音乐的节奏和牙买加雷鬼乐的特点，歌颂对一个更美好世界的期盼，他也曾为查戈斯人的悲剧歌唱。

2 月 16 日星期二的荷精市。音乐会现场聚集了 5000 余名观众。卡亚登上舞台之前，他和一位支持大麻合法化的政治家兼律师在一起。律师说："如果我不能使大麻合法化那我就不会进政府"。

卡亚和其他人一起抽了大麻。

第二个星期四。因为这口烟，他被带进了警察局的中央营房。

"是的，我抽了。"他承认，"我还会抽的。"

警察立刻逮捕了他，就像其他数百名因屈服于毒品诱惑而在牢房中煎熬度日的毛里求斯人一样……

星期五，卡亚见了法官，保释金提到了1万卢比。

卡亚的妻子见完律师便四处奔走，联系亲戚朋友。在四处碰壁之后，她终于在星期六筹到了足够的金额。

星期日，官方宣称卡亚毒瘾发作，以头撞墙，不治身亡。之后，留尼汪的法医做出了相反的诊断声明，称尸检未显示出颅骨有任何粉碎的痕迹，但是存在体内大出血的迹象。

很快，全国都沸腾起来，骚动了。所有人喊道："是警察干的！警察在监狱打了他！"

在一片混乱中，收音机里宣布了宵禁的通知。

伊鲁瓦人闭门不出。让·罗伊和西尔维斯特搞不懂为什么这些暴力事件总是层出不穷。另外一名年轻的歌手贝尔热·阿加特在罗什布瓦的骚动中死亡。示威者在废墟中抬着他鲜血淋漓的尸体，士兵们向人群开枪。这第二条人命让整个国家陷入混乱，示威者变得愈加歇斯底里，连催泪弹都无法阻止他们。

道路被封锁，超过200辆汽车被焚毁殆尽，警察局被洗劫，机场关闭，商场拉上了厚厚的帘子，但依然挡不住打砸抢。身处卡西斯的让·罗伊出了一趟门，回来的时候，他兴奋不已，背包里装满了东西。

"大家都去抢超市了！购物车都装满了！我拿了几盒东西和几

瓶酒。"

艾维吓坏了。

到处都是相同的景象。这已经不是偷盗了，而是集体疯狂。维护秩序的警力已不堪重负，人们开始担心这些头脑发热的人群会引发更多冲突。

让·罗伊听着收音机里留尼汪的新闻播报。新闻说，博巴森镇的监狱发生了骚乱。一名记者宣称囚犯逃跑了，士兵正在街道展开搜索。另一则报道称，在圣克鲁瓦，有人点燃了汽车轮胎，空气中弥漫着橡胶燃烧的浓烟味儿。

一群暴徒围攻了一栋警察用来躲避的大楼，里面还有被捕的抗议者。

"释放他们！够了！他们不能死在监狱！"暴徒们喊着。

北边的野蛮行径更加肆无忌惮。古德兰有房屋被烧了！有人在晚间使用了火焰发射器。目标是困住在房间里的人。收音机里持续报道着暴行：商店被破坏，仓库被洗劫。作为权力象征的公共建筑也遭到抢劫。逃跑的囚犯很快被重新抓获。电话连线中，一位惊恐的北方听众禁不住吼叫起来："这场暴力，是绝望的克里奥尔人发出的叫喊。这个国家也是属于他们的！"

索朗日想要向卡亚致敬，她也加入了滚滚人潮，一起向着罗什布瓦前进，大家要在那里为歌手举办葬礼。一群手持棍棒和砍刀的人从她身边经过，离她仅有几米之遥。特别机动部队中有一名高级军官站在他的吉普车上，看到她遇到了麻烦，但并没有走过来。这名军官就是阿比曼尤。他戴着头盔，穿着制服，看起来沧桑了一些。他指挥着北部区域的部队。阿比曼尤给一名士兵下了指令，士兵向索朗日跑过来，帮她解除了危险。

汹涌的人群中充满了敌意，向着被封锁的高速公路涌去。四处已经混乱成一片。人们不再恐惧死亡。再远处的地方，人群在卡亚的墓地周围聚集，然后，在沉默中，人群又继续缓慢地、无休止地前进。

几天过去了，当局采取了一些积极措施，生活重归平静。① 航空线路也恢复了。毛里求斯不再是一座孤岛。索朗日逃离了圣克鲁瓦，带着孩子们去了卡西斯。西尔维斯特还是一如既往地向大家讲述独立之后的不同族裔之间的斗争。

查戈斯人也在不断反省。1967 年的斗争在费尔南心中留下了阴影，他给英国首相写信，表达自己的不满："我控诉你们将我们流放到一个沉陷于暴力中的国家。"

托尼·布莱尔的回复非常简短，并且十分厚颜无耻，"这种情况在某些国家是会发生的！"

① 参见本书"数据与史实"："卡亚之死：骚乱和全国范围的安抚性活动"。

回忆之旅

2000 年 6 月

查戈斯群岛

萨洛蒙岛上，晨曦浮现，地平线上出现了一个个绿色的、闪烁着金光的小点。海豚在船身周围追逐嬉戏，像极了欢腾的仪仗队。

甲板上，四个男人一言不发，惊叹地看着眼前这一幕，内心翻腾汹涌。这出景象是对他们顽强斗志和取得第一桩胜利的庆祝。

"我们只是第一批。"他们心里这样想。

他们毫不怀疑的是，很快，其他伊鲁瓦人也会像他们一样，与这清亮的水域和美丽的海岸再次重聚。

"这场斗争不是徒劳的。"奥利弗不断重复着这句话。

在伦敦，奥利弗展开了最高级别的斗争，最终获得了针对英国 1971 年移民法令向最高法庭提起上诉的许可。之后，他申请了返回故乡群岛的访问权。英国当局同意他和三名同伴一起前往。三人分别是：老罗兹蒙——他的精神教父，拉斐尔——和他从头至尾并肩战斗的忠诚战友，以及他的诉讼代理人——英国人理查德·吉福德，这位英国人的角色早已超出其职责范围，他决心为伊鲁瓦人的正义事业而呐喊。

"我是对的。"奥利弗思忖着,"我要为信念斗争到底,我要在伦敦为我们被逐出故土而辩护,挫败英国人。"

在英国人承认他们有访问岛屿的权利之后,四人立即飞往新加坡,从那登上美国的航班,飞往迪戈加西亚岛。

他们飞过翡翠色的潟湖和高大的椰子树林。椰子树的枝叶掠过沙滩、基地和港口,也同时掠过那巨大的航空母舰舰队。

岛上,他们发现一些老房子已经破败不堪,还有一些曾经用来运输椰肉的轨道和停泊外来船只的小港口,也满是锈迹斑驳。

东方之角(La Pointe de l'Est)已经被水手改造成了自然公园。他们一下飞机,马上登上一艘英国船。四人在海上睡了一觉,直到晨光把他们叫醒,接着又马不停蹄赶往佩洛斯-班豪斯岛。

罗兹蒙整晚都没有合眼。他一直在回忆自己的生活,尤其是刚刚踏上前往所罗门岛的那一天。本来,有一位姑娘在那里等着他,曾答应嫁给他,但在码头上,命运阴差阳错地让他看到了莫迪亚——另一位美丽得如同一朵纯洁花儿般的姑娘。船刚刚松缆,罗兹蒙跳下船奔向了她,接着就与她结了婚。

甲板上,天刚蒙蒙亮,奥利弗颤抖起来,他以为自己看到了附近岛屿上火把的亮光。实际上,是他的眼睛欺骗了他。过去,岛与岛之间靠火把传递信号。一支火把,表示抓住了一只海龟。两支火把,表示有一场严重的疾病。三支火把,意味着有人死去了。

这个早晨,他们终于抵达了陆地,轻柔的海浪和海水的味道让人沉醉。奥利弗跪下来,膝盖触碰在佩洛斯-班豪斯岛的沙子上。罗兹蒙倒下,脸朝向地面,亲吻着故乡的土地。罗伯特则在一旁克制着情绪，与他们感同身受。

他们向着废墟走去，来到一棵巨大的榕树下。拉斐尔讲述了父亲是怎么组织大家在树下玩周日博彩游戏的。树脚下已草木丛生，大家又找到一些过去玩牌人坐过的石头凳子。奥利弗一个人继续朝前走去，向一棵杨桃树旁边的墓碑鞠了一躬。这是他祖父的墓地。他按照母亲丽塔的嘱托，在墓前放上了一捧皂角花和一个小十字架。接着，他抓起一把沙子，任由沙粒从指间滑落。这是他童年时期玩耍过的细沙。

不远处站着一群英国军官，默不作声地盯着他们。

这几位老伊鲁瓦人满眼噙着幸福的泪花。罗兹蒙曾经是名铁匠。晚上完工以后，他经常会去潟湖潜水。此时此刻，过去的岁月又回来了，熟悉的声音在脑海中回响。

他觉得自己听见了远处传来的某种号召。他毫不怀疑，这是来自无可战胜的神灵的声音。亘古以来，是祂护佑着查戈斯人，是祂带给了伊鲁瓦人关于那些传说，关于那些磨难和英勇事迹的故事，是祂赋予了故事里那奇妙的巨大海龟和钻石蟹以生命。

神灵统治着整个岛上的绿色空间，盘旋在潟湖的上空。祂的声音来自大地的深处，来自海浪的碰撞，然后溜进棕榈树和高大的椰子树林中，发出轻盈的沙沙声。这个被他们所感知到的声音，来自他们心灵的深处。

"不要抛下我们！"

罗兹蒙打了一个寒战。军官已经有点不耐烦了。出发在即。夜幕降临的时候，船只发动机低速运转，他们一直在岛周围打转。由于受到信风的影响，他们不得不倍加谨慎。

"我们需要一名查戈斯人来领导我们！"有人说。

终于抵达迪戈加西亚岛的港口，理查德认出了停泊在那里的环游艇与帆船，他开起了玩笑，自己创作了一段旅游游览的段子："来查戈斯旅游吧！网上预订即可。'英属印度洋领地'向您保证一定会在潟湖停船……（此优惠不适用于伊鲁瓦人）"

在萨洛蒙岛上，一片老旧房屋掩映在一片美丽的绿色中。从海岸看过来，基本看不见它们的影子。现在，房子的墙壁被旅行者涂满了涂鸦。他们在这片涂鸦中看见了他们在互联网上的形象，虽然图片并没有指明说画中人就是"失根者"。

想想看，查戈斯人等待了30年的光阴，才有权踏上自己的故土，多么令人唏嘘！

在甲板上，奥利弗想用一根凑合用的拐杖钓鱼，不过这个举动并不被允许。他心中不由得升腾起一阵反抗的情绪，但在表面上装作若无其事。他此次是来搜寻证据的，准备揭露他们所遭受的暴行。他还在佩洛斯-班豪斯岛上的墓地那里拍了一些照片。

旅行结束了。在起飞之际，飞机滑行在轰炸机起飞的跑道上，奥利弗突然感受到一种新的力量从体内生发，这股力量将会擦去所有的屈辱。

"争取返岛权的斗争是神圣的。"他不断重复着这一句话。

理查德望向舷窗外，壮观的椰子林美景掩盖了战争的引擎，他心中无限感慨。一架轰炸机冲向天空。从高空往下看，停机坪上的飞机就像一个个摆放好的玩具。

四天时间足以让查戈斯人给理查德·吉福德留下关于他们的印记了。他明白奥利弗和他的同胞们这场斗争和诉求的紧迫性。自此，他更加成为一名坚定的查戈斯人的战友。

大卫的胜利

2000 年 10 月

伦敦

威斯敏斯特市。河岸街圣母教堂。强大的大英帝国。帝国解体了，但历史不会消失。

皇家法院（Royal Courts of Justice）大楼。法院的外观是它该有的样子——庄严而冰冷。哥特式的建筑风格是维多利亚时期威严统治的极好见证。奥利弗坚定地迈出步伐，下定决心要和整个世界的强力对抗。

几个月来，他一直受到无尽的攻击："您是否认识到您在英国法庭的行为让毛里求斯政府非常难堪？"

对于这一控诉，奥利弗毫不理会："直到目前，政府认为主权问题与伊鲁瓦人的问题并不冲突，眼下要紧的是收回岛屿。"

但奥利弗心里想的和嘴上说的是两码事。他认为毛里求斯政府的道义责任应该是帮助伊鲁瓦人返回家园。可是眼下，没有时间疑惑了。

在法院大厅里，他忙着与朋友、支持者、流亡者、人权斗士会面。听证会要持续 5 天，这些会面是听证会的前奏，也是律师唇枪舌剑的前奏。此外，他还必不可少地要和记者们面对面交流。

总是同样的问题："您这么做是不是让英国人占了便宜？"

总是同样的回答："必须从这儿开始！整个民族都承受着巨大的磨难与痛苦！"

最后一场听证会即将结束时，奥利弗自问道："我们真的能向这些裹着长袍、遵守法律原则的法官们解释清楚，伊鲁瓦人 30 年前过的是一种无忧无虑的自由生活吗？我们真的能说服他们，我们这些人虽是奴隶的后裔，生活贫苦，在那里的生活却比在毛里求斯贫民窟的生活幸福得多吗？"

＊　＊　＊

11 月 3 日，判决已作出。

上诉法院罗斯法官写道："特权权力是否延伸至允许女王会同（枢密院）将其子民驱逐出其领土？我对此深表怀疑。"[①]

高级大法官们开门见山地说："伊鲁瓦人确实被驱逐了。法令禁止他们返岛。人民必须被治理，而非被驱逐。"[②]

"（1971 年）法令缺乏法律权威，"判决里写道，"最终使其成

---

① 原文如下：I entertain considerable doubt whether the prerogative power extends so far as to permit the Queen in Council to exile her subjects from the territory where they belong.

② 《法令》（*The Ordinance*）实际上将伊鲁瓦人从他们原属领土上驱逐，并禁止他们返回。然而，毫无疑问的是，任何领土上的"和平、秩序和善治"（peace, order and good government），只有人民才能赋予其意义。人民应该被治理（governed），而不是被驱逐（removed）。

为一个可悲的法律败笔。"

在判决文书里，上诉法院劳斯大法官引用了塔西佗的说法，这是把强者政治分割成片的做法。[①]

罗马历史学家塔西佗记载了图密善执政时期发起的一场战争。罗马当时试图征服的一些领土后来成了现在的英国。塔西佗在书中这样评述罗马人最强大的一个敌人："整个世界都是他们的猎物。如果是富有的敌人，那么就要沦为其贪婪觊觎的目标；如果是贫穷的敌人，那么就会遭受他们的暴政……"

他还写道："突袭、屠杀、洗劫，他们把这种行为称为构筑权力。他们制造了荒漠，却称之为和平？"

这是发生在公元 77 年的事情。1925 年之后，另一种形式的帝国主义正在考验英国的司法机制。在皇家法院大楼的高墙内，塔西佗文字的威力以一种新的力度产生强大的振鸣。

法院的台阶上，奥利弗兴高采烈。"大卫战胜了哥利亚！"他欢呼着，手臂举成一个 V 字。在国际媒体的报道中，奥利弗展示了所有胜利的手势。

奥利弗非常乐观，因为高等法院作出了有利于他的裁决。这是针对强权的一场胜利。

"毛里求斯政府的主权问题呢？"记者们向他发问。

"这是一个重要问题。"

"您希望政府做什么？"

---

① 在我的判断中……《法令》并不具有合法权威。正如塔西佗所说："他们制造了荒漠，却称之为和平。"出自《阿古利可拉传》第 30 节（*Agricola 30*）。塔西佗当时是用这句话来表达讽刺意味，但在这里，指的是一个彻底的法律败笔。

"希望政府帮助我们夺回返岛权。这是政府的道德责任。但是今天，我把争取来的这一切归功于我们的女性。没有她们，我就什么也不是。"

奥利弗的母亲丽塔正在电话另一端，儿子从几万公里之外告诉了她胜利的消息。太多的情绪和感动。她难以置信。查尔斯雅彻底发不出声来了。莉塞特站在她们身旁，泪如雨下。

"这是你们的胜利！你们的！"奥利弗不断重复地说着。

* * *

本已迷失在路易港贫民窟里的年轻一代，被法院的判决重新点燃了希望。不过，这并不能说服所有人。

"这个行动太危险了。"费尔南·曼达林不停地说，"查戈斯难民组织是在英国人的游戏规则里玩。"

外交部长罗宾·库克宣布政府不会对判决内容上诉，奥利弗对此深信不疑。可是，即便罗宾·库克会信守诺言，后续发生的情况却表明，没有几个人赞同库克的观点：内阁会议正考虑采取诡计，通过实施新法令，绕过法院的裁决。

奥利弗思忖着是否可能以质疑程序的合法性应对新情况。热血方刚的年轻人一方让奥利弗不要让步，而西尔维斯特这样的年长一辈则保持沉默，不发表意见。不管前方有多少艰难险阻，奥利弗还是决定破釜沉舟，放手一搏。

奥利弗号召伊鲁瓦人聚集在英国高级专员公署的新地点——德洛实大街。不到1000名示威者前来支持，其中也包括索朗日。她早已决定要和伊鲁瓦人一起并肩战斗了。她已在星空下度过了抗争的一夜，蜷缩在艾维的旁边，如同艾维曾经在殖民公园里紧贴在查尔斯雅身旁一样。

塑料布、旧毯子、旧纸箱再次布满了人行道。栏杆后面，人群为示威者欢呼。奥利弗抛出他的要求："生活补贴、赔偿、岛屿重建、工作权，以及为出生于 1956 年至 1973 年的人们争取出生证明。"

英国高级专员戴维·斯诺克斯在公众面前宣称"并没收到来自伦敦的任何指示……"，下面嘘声一片。

莉塞特年事已高，但胸中的火焰从未熄灭。查尔斯雅 72 岁了，也毫不迟疑地躺在人行道上。"我确实有点累了。"她承认这一点，"我希望就把我放在棺材里，就放在这。我们是坚决不会走回头路的！"

丽塔还和过去一样，用力地喊出自己的口号。索朗日也在吼叫，声音连她自己都认不出了，这是从心底迸发的怒吼。她的母亲在一旁鼓励着她。

绝食第九天。这场斗争是索朗日的第一场战斗，她才刚刚开始了解斗争的威力，不过，她首先感受到的，是失败的痛苦。她拖着疼痛的身躯，在郊区走了两天。脑袋空空的，她哭了起来，就像曾经那个她，被关在诺达威尔号的船舱里那样，忍不住地哭泣。她羡慕查尔斯雅的精力，羡慕莉塞特和自己母亲那般的坚强。她们都承受了那么多痛苦，却连一滴眼泪都不曾流过。她们那么悲伤，却从不忍气吞声。

"她们是怎么做到的？"索朗日心里想着，"她们的力量到底从何而来？"

＊　＊　＊

2000 年的伦敦城。

迪戈 19 岁了，他刚刚拿到高中毕业会考证书。虽然没有拿到梦寐以求的奖学金，但他可以来英国读书了。罗伯特在英国可以照顾他。

索朗日送迪戈到了机场。对于一个母亲来说，不管孩子去哪，和孩子的分离都是一种伤痛。有一种连接，再一次地断了线。

飞机飞到塞舌尔岛和翠绿色潟湖的上空，迪戈想念起查戈斯群岛来。

当他走出希思罗机场时，气温才 10℃。迪戈打了个寒战。罗伯特领着他坐进自己那辆漂亮的沃尔沃，朝南辛尔顿驶去。

穿过城市的浓雾，迪戈眼前出现了一个完全不同的街区景象。地狱般的卡西斯很快从脑海中消失了，他过上了新生活，还体验了鱼和薯条、培根和鸡蛋，还有焗豆子。

迪戈开始拼命学习，他要存钱，他要有收入。他始终记得母亲索朗日的执念——选择新生活的自由，以及不再成为一个被人瞧不起的伊鲁瓦人。为了帮母亲达成这昂贵的愿望，这是他唯一能做的了，迪戈是这么想的。他想尽快融入伦敦的生活，这样有朝一日，就可以把母亲接过来。

在学校里，迪戈遇见了乔纳森——一个来自塞舌尔的伊鲁瓦人，他的父母曾住在佩洛斯-班豪斯岛。

"我妈妈以前也在那生活。"迪戈对他说。

第一天，他们彼此讲克里奥尔语。但不久后，迪戈说："我更

大卫的胜利

喜欢讲英语。"

这并未能阻止乔纳森向他疯狂地提问。不过，迪戈并没有给他过多的回复。于迪戈而言，新的一页已经翻开，他喜欢城市的生活，并且，他梦想能在一家经纪公司开始自己的第一份实习工作。

乔纳森并不介意，他和迪戈谈起了自己的祖母杰曼。她在佩洛斯-班豪斯岛和一个从塞舌尔来的行政长官坠入了爱河。在大驱逐期间，他是这样说的，全家人都待在马埃岛。诺达威尔号把他们遗弃在港口。迪戈听着，对这段故事无动于衷。

"杰曼的故事，我早就知道了。"迪戈回复自己的朋友说，"我们所有祖母的故事都是这样，所有我们这个年纪的查戈斯人都听说过。她们诅咒英国人，她们的丈夫死于忧伤。她们就像莉塞特、查尔斯雅一样不停斗争，不明白为什么得不到合理的赔偿。"

乔纳森很是吃惊，发觉自己的新朋友已在"别处"。

迪戈非常欣赏乔纳森的朋友德西蕾，她是加勒比人，目前住在托特纳姆混乱的郊区。德西蕾自然而不做作的美貌让他想起自己的母亲。三个年轻人经常在考文特花园（Couent Ganaen）的 Punch & Judy 咖啡馆聚会。一天，聚会上来了塞雷纳——一位金发、苗条且性感的女孩子，皮肤像绸缎一样光滑，眼睛是蓝绿色的。她的父亲是牙买加人，母亲是西班牙人。她和德西蕾一起学习公共关系。德西蕾介绍道："这是我的朋友迪戈，来自毛里求斯。"

迪戈被这个女孩子迷得神魂颠倒。整个晚上，两人形影不离。某一个瞬间，塞雷纳紧紧贴住了迪戈。"我们去 Ministry of Sound（夜店）吧！"她提议说。

德西蕾第二天要很早起来工作，于是就和乔纳森提前告别了。

俱乐部里，气氛醉人，音乐也很动感，迪戈将塞雷纳搂在怀里，两人在沙发里献出了彼此的第一个吻。塞雷纳温柔又性感。就在此时，迪戈的电话响起。电子乐的声音很嘈杂，他还是接听了乔纳森的电话。

"我读到一篇很有意思的文章……"乔纳森说。

"我们明天再说吧。"迪戈挂了电话，转过身拥抱了塞雷纳。

* * *

2001 年 9 月 11 日

纽约

时间停止了。

世界陷入了紧张和怀疑。

世贸大楼的双子塔——自由世界的象征，一个接一个坍塌成灰烬。绝望的人们从高处的玻璃窗跳了下来。这些悲惨的身影，是日本袭击珍珠港以来美国所遭受最惨重恐怖袭击的受害者。

伦敦，下午初始。迪戈正和一个商人代表团在奢华的朗廷希尔顿会面。一切戛然而止。

迪戈去了乔纳森家，两人都没说什么话。他们都在想象事情接下来的走势会是如何。

"又要从迪戈加西亚岛开始了。美国人会不断说，他们的基地对于'维护世界和平'必不可少。"乔纳森压低了声音说道。

"是的。"迪戈承认这一点，"但这一次，小布什要做他父亲不愿意做的事情。他要进攻伊拉克，推翻萨达姆·侯赛因政权。"

在奥萨布尔斯角，"9·11"这天，奥利弗收看了直播，目睹了纽约的双子塔从天际消失，他很快明白美国马上要翻开新的一页，"这可真是个问题!"他自言自语道。对伊鲁瓦人来说，这确实是个灾难。他们的希望又再次推后了，甚至可以说是未来的面目更加模糊了。

在战争一触即发之际，他们只能无休止地在路易港的街道上表达痛苦。

在伦敦，接下来的几个月，乔纳森和德西蕾为查戈斯人的正义事业，同其他成千上万的示威者一起抗议。然而，迪戈只是旁观者。他密切关注着电视新闻。10 月 7 日，B-52 轰炸机的轰鸣声在迪戈加西亚岛的上空响起，战斗机和隐形轰炸机的出动预示着美国在阿富汗的惩罚性行动开始。飞机投掷了 75 万吨炸药。5 个星期过去，塔利班被击败。萨达姆不费一兵一卒，等来了想要的结果。

远方，拉里迷失在太平洋岛国武器的喧嚣声中。他给索朗日写信诉说，但她早已对他不作任何期待了。唯一能让索朗日坚持下去的那一口气，是奥利弗。她每天都去卡西斯，待在一群眼神坚定的女性中间，这让她感受到希望的存在。奥利弗告诉她，一场新的诉讼即将在最高法院展开。

查尔斯雅和莉塞特将要前去听证。

被侵犯的权利

2002 年

伦敦

一小队伊鲁瓦人出现在伦敦灰暗的色调中。大约 15 个。他们外表看起来有点古怪，身体裹在不属于自己的大衣里，安静地向前走着，一个贴着一个。她们就是查尔斯雅、莉塞特、玛丽，还有一些其他同伴。她们已经无数次向众人讲述自己的遭遇了，因而她们想当然认为，当要在法官面前作证的时候，这些话也会自然而然地流淌出来。

在高等法院的穹顶下，她们遇到了以个人名义前来的毛里求斯前总统卡萨姆·乌蒂姆（Cassam Uteem）。乌蒂姆长期声援查戈斯人的抗争，此次也是如此。

奥利弗面对的，将是一场恶战，他要为那些只得到施舍的"失根者"和分文未得的塞舌尔人争取一笔真正的赔偿款。他要为这 4000 多人伸张正义。

听证会开庭。当法庭询问证人时，法官才意识到他们中许多人并不会说英语。看到这些法官惊讶的样子，让人实感意外至极！

160 年来，查戈斯人一直是女王的臣民，服从王国的法律，然后又被这同一个王国的行政部门从岛屿驱逐出去。查戈斯人只讲一种语言——克里奥尔语，也只会用这种语言表达自己。

"需要一名译员！"法庭下令。

这些不远万里跋山涉水而来的女人们失望极了，原来，都没有人想到要听她们讲话。就因为这样，她们要讲的话却无法说出来，或者准确地说，是再也说不出来了。毕竟，怎么可能向那些听不懂，或者说，是那些不愿意听的人说话呢？

这群查戈斯人在伦敦遭遇了迷茫，她们发不出自己的声音，不知所措。乌蒂姆提议担任她们的翻译。然而，随着听证会进行，这些女人越发难以应对这些法庭程序，感到非常困惑，这让检察官嘲讽起她们来。

乌蒂姆站起身来，说出自己的证词，为查戈斯人找回了一丝尊严。

"伊鲁瓦人是反人类的暴行受害者。权力主导者本应是保护者，现在却成了加害者。"他掷地有声地说，现场所有人都听见了他们的苦难。查尔斯雅的面庞明亮了起来，莉塞特又鼓起了勇气，也站了起来，说出了真相。这些伊鲁瓦妇女向听众讲述了过去的经历和眼下艰难的生活。但法官却对她们提出了质疑：自发的讲话没有遵守司法辩论的程序。法官并不需要情绪的宣泄，他们需要的是事实。

"不要给我们讲述你们的经历，请出示你们的证据。"

"但我们的忧伤、沮丧，这些东西怎么证明？"

法庭要求不容置疑的论据，可对于这些查戈斯女人来说，所谓不容置疑的东西——就是她们所遭受的。在王室的代表们面前，她们不堪一击。被传唤出庭的查尔斯雅，再也无法掩饰自己的困惑。

她说："我讲了我们被驱逐的故事，讲了我们怎么被赶上一艘叫'诺达威尔'的船，讲了我们是怎样在海上痛苦漂泊的经历，我还讲了——我们当中有人被扔进了海里……可这些，到底要怎么证明？"

她回头望向自己的同胞，感到心烦意乱，十分无力。

在法院看来，另一项证词更为关键，检察院代表想要证明，1982 年向伊鲁瓦人支付的赔偿款是最终性的，且非常明确的。

"你们对此是明白清楚的。"律师说道。

他察觉到一个空子，想要利用这一点发出致命一击。

查尔斯雅回应道："我什么也没签，我不接受，而且文件都是用英文写的，什么都没给我们解释。"

这就是悲惨的事实：在支付赔偿款的时候文件并没有被翻译。其他伊鲁瓦人最终都在这份他们压根什么也看不懂的英文文件上按上了手印。

皇家律师耍起了伎俩，他坚称，"你们是知情的。"

戏剧性的一幕出现了。法官本人介入了质询："你们应该很清楚这是最终赔偿，因为当时并没有给你们提供其他赔偿款。"

"法官，反对！"律师席上为查戈斯人辩护的著名律师悉尼·肯特里奇愤怒地跳起来抗议。

莉塞特和丽塔说起了在郊区安家的种种困难。"他们把我们带到一个大墓地那里，要把我们安置在那儿。"女人们回忆起她们刚刚到达布瓦马尔尚的情景。莉塞特什么都记得，可是她吓坏了，那些受苦受难的句子都堵在嗓子眼里，根本讲不出来。

另外，也没有人想再听她们说了。

"侵权行为发生于 30 多年前。"检察官说，"侵害已经发生，现在再追究并没有意义。"此外，他还加了一句，"追诉期限已过。"

听证会如此残酷，但似乎还不足以让伊鲁瓦人崩溃，这名检察官继续声称："这些证人在撒谎，品行不端。充其量，他们是在夸大事实。因此，结论就是，他们没有说出真实情况。"

然后，在接下来的每个字上，他都重重地强调了每个音节，并带着一股子轻蔑和傲慢。他说："他们不值得任何额外赔偿！"

* * *

乔纳森在报纸上跟踪了整个诉讼进程。英国法院的做法让他感到恶心。

在 Punch & Judy 咖啡馆，他见到了迪戈，向他吐露了一通。

"你知道这些可怜的女人在法庭上遭遇了些什么吗?!"他感慨道，"她们想要的不过是公正！我想不到一个法官竟然能不公平到如此地步！"

不过迪戈并没有太关注此事，他满脑子想的是富时指数和纳斯达克指数。他的这种冷漠让乔纳森感到吃惊。至于塞雷纳，她对事情到底怎么回事一无所知，因为迪戈从来就没和她谈起过查戈斯群岛的事情。

* * *

2003 年 4 月

美军的 4 个装甲师行驶在伊拉克沙漠中，全速冲向巴格达。萨达姆·侯赛因的共和国卫队正在那里等候着。接下来的战斗是激烈的，也是短暂的。最终，整场战斗持续不到一个月。伊拉克的军事力量不堪一击，独裁者的雕像被推倒。进攻已结束，但战争才刚刚开始——将有数十万伊拉克人死于战争。

3月20日，乔治·布什总统下达了进攻令，迪戈加西亚岛依然是轰炸机起航之处。

乔纳森没日没夜地趴在电视机前收看各频道转播的战争实况。针对巴格达的炮击不绝于耳。动乱和警报声撕裂了漆黑的夜空。目之所及，是爆炸，烧焦的碎片，废墟般的建筑，黑烟，以及死寂般的云彩。

电视频道上不断滚动着胜利的标语"'为自由而战'赢得了民心"。然而，事态的发展之快超出想象。人们看到的是，在摆脱了萨达姆控制的地区，极端主义分子已经开始在这些地方立上了他们的旗帜。

乔纳森不去学校了，也不见人。

他将频道从CNN换到CBS（美国哥伦比亚广播公司），从BBC（英国广播公司）换到Al Jazeera（卡塔尔半岛电视台）。只有一件事情是确凿无疑的，那就是轰炸机确实是从迪戈加西亚岛出发的。美国政府在印度洋部署的军队所发挥的作用再一次和英国政府拒绝查戈斯人返岛的做法相互呼应。在披着英国国旗的阵亡英兵的遗体被运回英国时，托尼·布莱尔表现出万分悲痛，但他同时也加强了对布什总统的声援。

5月，海德公园的示威活动增加了不少。乔纳森和德西蕾也加入了示威集会。在回家的路上。德西蕾捡起地铁上的一张报纸，用手指着头版上的一个标题说:"迪戈加西亚岛成为反击极端主义分子的拘留营和酷刑营。"

乔纳森愤怒地叫喊起来,猛敲了几下金属椅子。德西蕾重新捡起皱巴巴的报纸,一则短评吸引了她的注意,"这有一条新闻,英国政府要给查戈斯人签发护照!该法令刚在下议院表决通过!"

"他们想要收买查戈斯人!"乔纳森回应道。

* * *

对于伊鲁瓦人而言,这本崭新的护照,仿佛是未来的保证。他们将会忘记所有的歧视轻蔑,忘记罗什布瓦或是奥萨布尔斯角那些不适宜居住的棚屋。索朗日朋友的儿子史蒂芬甚至还想给他发护照的那个高级专员公署的女专员一个拥抱。

"你们这是在做梦。"西尔维斯特和让·罗伊说,"你们会失望的。你们最好想想曼德拉说的话——'查戈斯人是印度洋上的巴勒斯坦人'。"

史蒂芬耸耸肩,不过,在那边他并不孤单。索朗日早给迪戈去了一封信,让他尽可能帮帮这个年轻人。

然而,史蒂芬一抵达伦敦,在移民局排队的时候,他注意到有一名旅客的护照是鲜红色的,而他的却是暗红色。这是为什么呢?

"因为您来自英属印度洋领地。"他旁边的人对他讲道,"我是一个英国人,百分百纯英国人。"说完,他冲着史蒂芬挥了挥自己那本暗红色的护照,笑容带着一丝粗鲁。

对于这些持有英国护照的新人来说,这样的接待方式太奇怪了。他们必须和其他伊鲁瓦人在机场打地铺。奥利弗·班库尔特的诉讼代理人理查德·吉福德试图介入帮他们解决这个问题，但还是徒劳无果。他最终争取来的结果是，他们能被暂时安置在一个破旧的旅馆里。

"未来的保证！"他们这么以为……

"做梦！"这就是他们得到的回应。

史蒂芬试着给迪戈打了好几通电话。始终无人接听。他想起了索朗日的父亲让·罗伊说的话，"查戈斯人是无根的人。"偶然中，史蒂芬碰到了前来照顾家庭成员的乔纳森，他告诉乔纳森自己举目无亲，好不容易认识某个叫迪戈的，但电话始终打不通。当天晚上，乔纳森在迪戈家给迪戈说起了史蒂芬的情况。

"你必须得为他做点什么。"

迪戈做了一个极不耐烦的手势。"你觉得我有这时间吗？"他有点恼火。史蒂芬到英国这件事？是的，他是知道的。"我妈妈给我写信说了这件事。但我不怎么认识这个家伙。"他沉默了，一言不发。无论乔纳森说什么，他都不作声。

"不管怎样，你应该去看看他。他现在人在某个旅馆的房间里……假如还能称得上一个房间的话，姑且这么叫吧。理查德现在在照顾他，不过理查德也有自己的事儿。得帮帮这个小伙。"

突然，迪戈站起来，猛地立在乔纳森面前。"我也是，我也有自己的事儿。我要上学。你，你也不要再去那了。你是个激进分子。可我还有我自己的未来、我的学业要考虑。"

"你把自己当成谁了？你知道你从哪来吗？"

"我当然知道。我也不想再回去。"

迪戈脸色铁青。他就像个疯子一样，在房间里来回踱步。

"看！这些就是我要干的。我的课，我的汇报。"

他把成捆的书、文件夹和课堂笔记摞在乔纳森面前。

"从现在起到明天早上，这些都是我要学习的内容！"

乔纳森拿起自己的背包和报纸向门口走去，他回过头说："我的活儿！我的课！我的未来！就没见过这么自私的！"他带着厌恶之情抛下这么一句。

"可能吧！但就是这样！"迪戈反驳他说，"那个史蒂芬，你要愿意，你就自己去照顾他。"

* * *

2002 年 12 月，伊鲁瓦人案件终于刮来一股正义之风。高等法院判定伊鲁瓦人有权返回故土、外岛（Outer Islands），以及除迪戈加西亚岛外的其他岛屿。

2003 年 7 月 7 日，法院就查戈斯人有权获得的赔偿作出裁决。奥利弗非常紧张。从前一天晚上他已经预感到判决可能对他不利。判决下达。官司输掉了。

他的律师悉尼·肯特里奇说："最痛苦的莫过于向那些庭外等待的人宣布判决结果。我一直想着查尔斯雅、莉塞特、丽塔，还有那些一直和我们并肩战斗的人。"

判决文件没有经过法官阅读就直接转到他的手上。在回卡西斯的路上，奥利弗心烦意乱，他还要面对一群激进分子。

"法庭背弃了我们！"他对他们说。

对于查戈斯难民组织的顽强斗士来说，哥利亚式的复仇是不可取的。

查尔斯雅默不作声。好几天来，她的双眼失去了往日的神采，闭门不出，自己试图化解内心的悲伤。这位女战士败下了阵，开始说着要搬去英国重启新生活。是的！她也要去英国了，去克劳利，那个查戈斯人密集扎堆的英国郊区。是的！她开始想着这些！

"我们真是饱受歧视。"她喃喃自语。

索朗日在奥萨布尔斯角待的时日愈加地长了。这些激进分子的善意友好让她倍感触动，但查尔斯雅那般热情的火苗还迟迟不曾在她胸中燃起。她一直想要逃避，可族人的经历最终让她无处可去。在卡西斯的居所里，她站在 64 个岛屿的地图前久久地驻足，她在观察、在研究，默默聆听着莉塞特向自己细数流亡的每一个日子。她自问道："那里"，是否真的存在某种意义。

这个晚上，地平线向后退得更远些了。

索朗日与艾维精疲力竭地回到家中。一个，经受了常年的抗争，缺衣少食和衰老夺走了全部的力气。另一个，为情所困，加之早前在诺达威尔号上染上的旧疾复发，无休止地受其折磨，而一蹶不振。

"年轻人都想走。"艾维对索朗日说，"我很理解他们。"

索朗日沉默了。她失望的是，迪戈从自己身边逃离开，早就把族人的斗争忘到脑后了。迪戈写来的信讲述了自己取得的成绩，想要宽慰母亲。最近寄来的信里还塞了 300 英镑，让她不要再去上班了。信中还说，妹妹安杰拉也应该到英国来，去南肯辛顿高中上学。

"不。"索朗日喃喃道，但她也知道自己最终还是会同意的。

索朗日的舅舅拉斐尔——这个沉默寡言的老人，走了。他去捕鱼后就再也没回来。整整两天，大家都很担心。大海一片安宁。人们搜遍了奥萨布尔斯角的每一个角落。西尔维斯特找到了他的捕鱼笼，一个空香烟盒，还有半瓶朗姆酒。

艾维悲伤不已，独自坐在杧果树下自言自语。她抬头看着树枝，仿佛失踪的人的灵魂就在那里安息。

"我对你疏于照顾，我的哥哥。原谅我！给我活下去的勇气吧！"

大海并不想把失踪的躯体还回来。因此，没有葬礼，唯有祈祷。

礁石之外，海浪一刻不停地涌上来，新的海浪不断被带入潟湖，再将希望一扫而空。索朗日哭了。她知道，当悲伤过去，一个人的消失，也意味着一段抗争的记忆就此消失。

返岛权

枢密院令

2004 年 6 月 10 日

伦敦

伊鲁瓦人的斗争很像是建沙堡的过程。刚开始的时候，城池坚固。在沙子里掺上一点水，慢慢地堆起来，沙粒在阳光的照耀下聚沙成塔，形成一个俨然坚不可摧的城堡。城堡的上方还插着些纸做的旗帜。风可能会刮过来，人们心里这么想，但这又有什么关系呢！

"可是过来的要是潮汐呢?"

"我们会拦住它的!"

人们这么想着，但猝不及防的，不起眼的浪花此刻就侵蚀了城墙……

"快! 挖一个堤坝，修一些水渠!"

人们七手八脚地拿起铲子和水桶，"对对对! 但这对浪花有用吗?"

水流带来一个又一个更加猛烈的浪花。一个接着一个……

这个被奥利弗和他的同胞们所无比信任的坚固城池，就是四年前高等法院作出的有利判决。判决承认查戈斯人有权利返回出生地，这也使得 1971 年驱逐他们出境的法令失去效力。

可是浪花又带走了一切。这是现代世界最古老的民主制度的继承人所作出的判决啊，也随着浪花一起被毅然决然地冲走了。

这一天，正是欧洲所有国家在斯特拉斯堡和布鲁塞尔选举欧洲议会议员的一天。欧洲是民主的欧洲，但在伦敦，女王陛下正和她的政府成员秘密地召开会议。程序是完全合乎宪法的，尽管这程序和君主制本身一样古老。

为使判决无效，需要首先向女王会同枢密院提出书面申请。女王本人没有写过一行字，甚至也没有暗示政府该写些什么。在伦敦，君主早已不插手国家的运作。女王只是被告知该说什么。她的许可仅包含三个字："我同意。"

一旦女王表示同意，这项枢密院令就算发布了。当然，也无须任何议会辩论。不妨想象一下，下议院能对一项皇家法令进行投票吗？

在毛里求斯，消息早已传至新任总理保罗·贝朗热耳中，他正要启程飞往伦敦。他第一时间将消息告诉奥利弗。这项司法战略居然全面崩塌，让他万分震惊。毛里求斯打算向国际法院讨回岛民的权利，这可是历史上的第一次。保罗·贝朗热手里还有另一张牌：万不得已的情况下，毛里求斯将退出英联邦。

奥利弗想要起诉华盛顿，但美国将会裁定不予受理他的申诉。根据联邦法律，外国人无权质疑美国政府的决定。

"那我们就告到欧洲人权法院那里去。"奥利弗大喊道。

查戈斯人聚集到了大街上。他们的愤懑正在暴涨。没有什么能动摇他们的决心。给女王的请愿书已经集满了3000个签名。请愿书上只提了一个十分幼稚的问题："我们想要知道女王陛下在表示同意之前是否读过法令。"

索朗日拾起了母亲往日的激情，声嘶力竭地喊出口号。查尔斯雅和莉塞特也来了，绝望中迸发出万般力量。

"美国和英国自诩人权捍卫者标杆，但他们却在侵犯查戈斯人的人权！"

标语牌上的大字再次号召大家要抗争——"小民 V.S. 大国，大卫定能战胜哥利亚！"① 另外一些标语斗争性没有那么强，只是表达了巨大的疲惫无力感——"查戈斯人正在受难，是时候解决我们的问题了。"

示威者们脸上掩饰不住的疲倦，嘴唇被阳光炙烤得干裂，流亡的印记始终伴随左右，尽管如此，他们还是准备好了要迎接挑战。

"我们要发出最后通牒。"奥利弗说道，"15天！过了这个期限，我们就去高级专员公署门前扎营抗议！"

奥利弗的诉求包括：获得一笔新赔偿，在获得最终返岛权之前有权利返岛，获得终身养老金，所有儿童获得英国护照，年轻人获得培训机会，以及最重要的一项——废除刚颁布的剥夺了他们胜利果实的法令。

"烧了它！"人群中有人喊。

虽然四周环境嘈杂，这个口号还是很快在人群中散开。站在第一排的索朗日手中挥舞着法令的复印件。突然，就在她的身边，一

① 出自《圣经》故事，年轻的牧羊人大卫战胜了强壮的巨人哥利亚，以弱胜强，用以比喻小人物战胜强大力量。——译者注

只打火机点燃了，索朗日把文件递过去。火焰包裹了纸张，瞬间将其吞噬。

"烧了它！烧了它！"

"烧了它！"人群跟着一起大喊。

奥利弗不甘示弱地喊道："去英国的地盘点火！"人群呼喊这句口号，跟着他浩浩荡荡地往前走去。

下 议 院

2004 年 7 月 7 日

伦敦

威斯敏斯特大厅确实起火了。女王陛下 6 月 10 日颁布的法令激发了议员的怒火。

奥利弗、莉塞特与罗兹蒙三人并没有从大厅返回。他们坐在前排观看各党派议员和布莱尔政府之间的唇枪舌剑。此次，他们是杰里米·科尔宾的座上宾。杰里米是工党分子，坚决捍卫"失根者"的权益。长期以来，他为这些"失根者"在伦敦的悲惨遭遇深感不平。

英国是一个法治国家。没有人能够大笔一挥就此取消国家最高司法机关作出的决定。在 2000 年 12 月的判决中，劳斯大法官曾将驱逐伊鲁瓦人的法律文本称为一个"卑劣的法律错误"，并向政治领导人发出严厉的提醒："是管理人民，而不是把人民移至别处。"

当时，外交部长罗宾·库克决定不上诉，他甚至宣布了准许查戈斯人在遵守英美签署的相关协议条款的情况下返岛。他还表示："布莱尔政府并没有试图掩饰本案的严重性。"

然而，四年之后，依然是这个政府（罗宾·库克已经不再任职），将唐宁街灌输给人民的信念扔进了垃圾桶，而这个信念就是关于"英国的法律、伦理与政治是协调的"。

6月30日的提问时间，众议院响起一片喧闹之声。苏格兰民族党领导人向首相发起尖锐攻击，托尼·布莱尔不得不出言澄清并捍卫其立场。他说了下面两句话："迪戈加西亚岛对英国的安全来说至关重要。该岛作为一个军事基地，对我们国家的安全极为重要，是我们安全的重要组成部分。"

众人所能肯定的是，布莱尔选择了无视查戈斯人的命运，以履行哈罗德·威尔逊对乔治·布什的承诺：迪戈加西亚岛周围，查戈斯人必须被"清扫"干净。

一周之后，7月7日，保守党议员加里·斯特里特在表达看法时说，他认为首相"盲目"且"强有力"地重申了自己对美国的支持。他问道，我们是否可以不惜一切代价给予这种支持？即使这种代价包括针对某个群体的严重不公？

亚历克斯·萨蒙德评论道："我认为总理分不清一个叫美国的国家和一个叫乔治·布什的总统的人物。前者有一部宪法，后者有一个政府。总理分不清这两者，这是他最大的弱点之一。"

BBC对这场辩论进行了转播，乔纳森在家中收看节目。这段话让他忍不住笑出来。他记得曾经的工党还是反对派，曾谈到要修改迪戈加西亚岛的租约，还说过要迫使美国从该岛撤走核武器。

辩论场景也让身在其中的奥利弗深受触动。几天后，英国下议院大多数议员居然也反对这个新法令，这是他不曾料到的，他心里不禁冒出一句俏皮话："起火了！"

杰里米·科尔宾刚作完发言，言辞中他对他的"朋友"托尼·布莱尔并不客气。科尔宾表示，起初他以为可以在议会中向这些皇家法令发出挑战，但当查戈斯人的诉讼代理人理查德·吉福德向他解释说枢密院令具有法律效力时，他简直不敢相信自己的耳朵。对他这样一位经验老到的议员来说，这可谓是荒谬至极。

"我们以为议会能够控制政府权力，现在看来是压根不存在的事情。"他悲伤地对同事们说道。

保守党议员加里·斯特里特再次发言，他对法令执行的既定程序表示震惊。在询问过政府新闻办公室后，他发问道："为什么要这样行动？没有预先辩论，没有协商过程，也没有任何提醒？"

答复令人大跌眼镜。

"所有相关事务都已在外交部讨论过了。"

"外交部？那为什么不是下议院？"

"因为要花费大量时间。"

"很抱歉，我们在议会就是为了审议这样的决定才开启辩论。今天的辩论占据了'太多时间'，对此我觉得很可悲。"

乔纳森以为自己在做梦。

他撕下报纸做起笔记。此前，《卫报》曾表示，"辩论将继续在下议院展开"。预测被证实了。面对工党政府如此令人难以置信的操作程序，议员们彻底震惊了。

查戈斯人这边，一直上演的是拒绝的艺术。伴随着一声巨响，一扇门给关上了，随后，门闩也给插上了。两道门闩总是更保险，于是乎，第一声关门的响动余声还在，第二道门闩也马上被插了上。

第一道枢密院令所列出的全部条款均不允许查戈斯人返岛

生活。

第二道门闩之所以插上，是基于政府委托的一份报告的结论。该报告指出，返岛是绝对不可能的，因为在岛上居民"离开"之后，岛上的经济状况和基础设施都无法满足居住需求。

杰里米·科尔宾抗议道："首先，查戈斯人不是离开的，他们是被赶到一起，被捕，被驱逐出岛屿的。这是一桩毫无道德可言的巨大丑闻。"这位议员还毫不客气地要求部长为"前政府所犯下的这一罪行以及现政府对待伊鲁瓦人的态度作出道歉"。

就是这同一份报告还提出警示说，查戈斯人返岛会引发环境恶化的后果以及海平面上升的危险。为此，杰里米打趣说道："这对美国的军事基地来说可真是个坏消息啊。他们的跑道很可能要消失在水下了……我们真的要相信这种说辞吗？查戈斯的 64 个岛屿将要沉没，但唯有美国人占据的岛可以世世代代放置军事防御设施而没有任何问题？"

关于环境恶化的问题又引发了其他的笑声：五角大楼为了吸引志愿者，大力吹嘘岛屿有着无与伦比的海滩和潜水活动，还有迪戈加西亚小姐选美活动。

工党议员约翰·克罗根也一本正经地绷着脸讲起了笑话："岛上有 1500 名美国士兵，2000 名文职雇员，还有一堆战争物资，他们对环境的破坏程度怎么说也是要和几个伊鲁瓦人返岛的后果一样令人担忧才对嘛。"

奥利弗对议员们的表现颇为触动。议员们善于反讽，并乐此不疲，有时还添油加醋地做一番评论，但这些论调终归是能有力且有效地击中要点的。

政府已经为重新安置伊鲁瓦人所要付出的成本做了说明！

杰里米就此评论，"每当我们坚持'返岛'这个主题，外交部就会拿出成本来做说辞。对此，我有两点意见：一是人道使然，伊鲁瓦人有返岛的天然权利；二是我倒是想要问问是否有某位部长准备说，维系圣赫勒拿岛、特里斯坦-达库尼亚岛[①]或福克兰群岛人民生活的费用如此之高，所以我们打算把这些地方的人口全部迁移出去？没有人敢这样说吧！"

＊　＊　＊

这些一手资料，以及那些很少在公众面前陈述的自我批评和审视的意见表达，被乔纳森记录了下来。

查戈斯人的不幸不过是无数个曾经发生并被遗忘的惨剧之一罢了。这些小人物的悲惨际遇不断重复发生，却不为人所知，甚至都没有人能说出事情发生在什么地方。

乔纳森对查戈斯人经历的惨剧做了一番调研分析。这些活生生的生命被粉碎，想要悲鸣却被扼住了喉咙。随着光阴流逝，族人们在昨日的惨痛经历与今日的残酷际遇中不断调适自身，努力适应着。他们的记忆仍在挣扎，但可能会日渐模糊，从此变得麻木。

在大学图书馆，乔纳森激动地发现了生活在比基尼岛（Bikini，位于马绍尔群岛北端）上岛民的历史文献。这世上有几个人知道比基尼环礁居然隶属于太平洋的马绍尔群岛呢？

自此，乔纳森知道了比基尼岛上的岛民大约有 170 人。他们平

---

① 特里斯坦-达库尼亚岛隶属于英国圣赫勒拿岛。岛上人口规模大约为 210 人。

静地生活在自己的岛上，对外无欲无求。但出于一些见不得光的理由，杜鲁门总统和美国海军决定将这处环礁作为测试其核导弹的理想场所。就这样，比基尼岛的居民就此被驱逐并安置他处。12 年过去，比基尼环礁上长出了世界上最大的"蘑菇"。

第一次核试行动发生在 1946 年 7 月 1 日，是美军的十字路口行动计划（Operation Crossroads）部署的。乔纳森从档案馆里找到一张航拍照片，画质很清晰，但画面却十分可怖。后来，这张照片流传到世界各地，让人们颇为心悸，却并未引起真正的关注。

"真是武力的最佳证明啊！"乔纳森心想。

核试验还在继续。"蘑菇"的毒性越来越强，外观却愈加"美丽"。

1958 年，试验结束。比基尼岛民被送回了家乡，每人得到了25000 张 1 美元的纸币和一笔微薄的年补贴金。①

环礁被污染的程度很严重，已无法补救。很多比基尼岛民离世，幸存的人们也陷入巨大的忧伤之中，抑郁消沉，或是患了疯病。

乔纳森在自己的笔记里写下一条：负责选择比基尼环礁进行核发射的美国海军准将是奥拉西奥·里韦罗，他后来成为海军上将，在选择迪戈加西亚岛作为基地的过程中他也发挥了重要作用。

乔纳森仔细地将笔记、新闻报道的文献材料及辩论的摘要归档分类。此刻，他俨然化身为一名族人记忆的传承者和保护者。

他唯有一个缺憾，那就是迪戈还不知道他目前所进行的工作，

---

① 同前引 David Vine, *ISLAND OF SHAME: THE SECRET HISTORY OF THE U. S. MILITARY BASE ON DIEGO GARCIA*, Princeton: Princeton University Press, 2011.

迪戈只关心彭博电视台上的金融市场走势曲线以及塞雷纳的曼妙身材。

威斯敏斯特。

休息期间，有人来找奥利弗、莉塞特和罗兹蒙三人。他们被带领着，穿过美轮美奂的长廊，走进一间餐厅。下议院之父兼工党议员塔姆·戴利埃尔邀请他们一起共进午餐。这名苏格兰人也是伊鲁瓦人利益的坚定捍卫者。当载满岛民的诺达威尔号抵达路易港那时，他人正身处毛里求斯。

到用餐时间了。餐厅墙壁装饰着华丽的挂毯，这种奢华肃穆的气氛让查戈斯人不知所措。

莉塞特碰都没碰餐盘。塔姆略有些担心地询问起缘故。莉塞特直视他的眼睛，以一种坚定的口吻回答道："就是这个地方决定了把我赶出家乡，像一个孩子被活生生拽出母亲的怀抱，您觉得我能在这种地方吃得下去吗?!"她的声音令人无法抗拒，话语简单却有力。

奥利弗翻译了这段话。议员听罢，眼眶有些湿润，视线模糊了起来。他对莉塞特说："我以人民和国家的名义，请您接受我们的道歉，请相信，我一直以来都是谴责政府官员这种行事方式的。"

再次开庭。轮到塔姆发言。他站起身大声控诉道："这是一场重要的辩论。但是，这场辩论现在才举行，已经时隔了40年之久。"

这位下议院之父讲述了一位前外交大臣曾对他说过的话。当时，他还是一名年轻的国会议员，对英属印度洋领地的成立感到非常担忧。这位外交大臣说："管好你自己的事！"

"当时，我可能还不像现在这样坚定。"塔姆在他的同事面前遗憾地说道。

他还提到英国对联合国谎称岛上只有"毛里求斯和塞舌尔的农业工人",并说这个新的行政安排是"与选出来的群众代表商讨后自由制定的"。

"什么狗屁代表!"看着电视,乔纳森气不打一处来。

"这离真相简直十万八千里。"塔姆接着说,"这些人的生活是一场彻头彻尾的悲剧,他们日夜与无尽的苦难、贫穷和绝望相伴。唯一支撑他们活下去的信念,那就是回到家园,回到他们的村庄,回到祖先所在的地方。"

乔纳森放下纸笔。他思忖道,有时候,人们只有真正地了解了查戈斯人的故事,在良心的支配下,才会去为他们说话。

另一位工党议员凯文·霍普金斯出人意料地提起苏格兰 18 世纪至 19 世纪的另一段悲壮的历史。他说:"驱赶查戈斯人和驱逐苏格兰高地的原住民有着惊人的相似性。权贵们把最贫弱的人从自己的土地上赶走。这一切现在依然是苏格兰政治中的重头戏。"

苏格兰"高地清除运动"是历史上黑暗的一页。富人迫使小农场主流浪至加拿大新斯科舍等地。时至今日,他们的村庄只剩下零星散布在荒野上的断壁残垣。我们能看到的那些印着旖旎风光的明信片,展示的不过是另一种被彻底"清扫"过的风景罢了。

塔姆提醒大家说:"前一段时间,有一位法官曾拿查戈斯和苏格兰做了一番比较,他这样写道:'苏格兰的农业发展问题可能会远比查戈斯所涉及的国防问题更具重要性。'但不管怎么说,为了强者的利益驱逐弱者,让弱者陷入赤贫状态,这个性质是一样的。所以,实在没什么可值得骄傲的。"

"集体道歉！"亚历克斯·萨蒙德说道，"这就是苏格兰议会成立时就该做的事情。我们的部长应该表示道歉，向伊鲁瓦人证明未来所采取的政治行动一定不会再像过去那样。"

奥利弗默默表示赞同。过去，从未有任何一个英国行政长官向伊鲁瓦人发表过只言片语的言论。奥利弗现在倒是准备好了，想要听听这些稍微有点人文关怀的声音。轮到外交和联邦事务副部长比尔·拉梅尔部长发言了，他表示道："把岛民安置到别处的决定并非英国外交政策中的重点。我们就只能说这么多。"

在他讲话时，奥利弗站起身，身体尽量前倾，想要听得更清楚一些。他原以为能听到部长说出一些他们等了那么多年的话来……然而，这个忏悔一刻并没有到来。

"政府必须考虑眼下的情况，"比尔·拉梅尔说，"过去发生的事情是好是坏，已经无须再去判断，而是站在现在去决定什么方法能够合适、合理且可持续地安置这些岛民。"

这席话让奥利弗反感至极，这和刚才那些议员们表达的一致意见背道而驰。部长先生对议员们所说的话装聋作哑。

守在电视机前的乔纳森愤怒地扔了纸笔，电视机也被扔到墙上砸了个稀烂。电视看不了了。他想给迪戈打个电话，但有什么用呢？

不会有给查戈斯人的道歉了。也不会有什么新情况发生了。乔纳森事先就知道部长肯定会使用"再安置"这种论调。

"当然，"比尔·拉梅尔解释说，"短期来看，重新在岛上安置岛民是可行的，但长期来看，费用是高昂且不可承受的。"

"这种观点不会改变吗？"人们问他。

下议院

"不会！"他回应道，"我是绝不会让步的！"

比尔·拉梅尔让眼前这些议员充当了自己这番言论的证人。

"如果有人准备好了一张空白支票，那我们就能再安置这些岛民。但作为政府，我们没有这个责任。"

杰里米·科尔宾问了最后一个问题："在所有英国海外领地上，枢密院令发布之前，我们都要和当地居民代表，也就是本土行政代表进行协商。那么为什么这次未和任何查戈斯人代表进行沟通协商？"

奥利弗颇为赞同科尔宾议员的这种尝试，想要把外交大臣从其一成不变的发言陈辞中拽到另一个轨道。然而，从外交大臣口中得到的不过还是把查戈斯人排除在外罢了，他什么也没有等到。比尔·拉梅尔的回答让人不寒而栗，他表示："英属印度洋领土上并没有定居人口，我们必须作出该做的决定。"

* * *

"没有定居人口……这种话他怎么说得出口？"

在 Punch & Judy 咖啡馆，乔纳森刚刚找到了迪戈和德西蕾，他的眼里冒着怒气，直愣愣地看着迪戈，想要用目光把他从麻木和冷漠中拉出来。

"说话呀！他说没有定居人口……当然了，可以理解，他们把所有人都赶走了！"

"是呀！"迪戈以一种平静的口吻说，"拉梅尔说得这么简单，因为就是这么简单。这种情况都35年了。岛上一个人也没有。"

"那你母亲呢？你的祖母？你的舅舅叔叔们？你的那些亲戚

呢？你把他们怎么办？"

"他们在受苦，我心里全都知道！但你呢？乔纳森，你出生在哪？还有我妹妹？对！我们在哪出生？是我们选择了这个世界吗？当然不是，乔纳森，我们不过是继承者罢了……什么叫'我们的世界'？在贫民窟住着棚屋，水龙头连水都流不出来，没钱，还要面对别人的鄙视？你几岁？23岁还是24岁？你经历过什么？你想干什么？斗争，斗争！那然后呢？"

乔纳森听着，他从来没见过迪戈如此愤怒。

"可你不能这么说！"

"为什么不能，乔纳森！我可以这么说。全部说出来才能正视这一切。那些悲伤，喝过的劣质朗姆酒，还有厚厚的灰尘，以及鄙视的目光，一直都在，从来没消失。"

"可我们这些岛民，这些查戈斯人是受害者啊！是不公正的受害者。"

"不是的。我们的父母、祖父母、他们的奴隶祖先们，的确是受害者！但不是我和你乔纳森。我不是你所谓的受害者。当然了，我们这一辈子都摆脱不了奴隶的后代的身份，就和我们的父母一样。但我可不想一辈子都向人讲述我是一个受害者这种故事。我要'生活'！"

"那我们就可以接受谎言吗！当别人说'没有定居人口'的时候，我们就可以当作什么也没发生，什么也不做？"

"是的，可能吧。就算事情是真的，也不可能被说出来。这就是最令人恶心的地方。就像星期五们和人猿泰山们，还有我的爷爷和叔叔们，他们只是自己过去的影子。就和我母亲的那些死去的狗的故事一样。你的外交大臣唯一应该做的，就是向公众承认每一方都有错。不管是伦敦、华盛顿还是毛里求斯……"

"你呢？乔纳森，你告诉我，你想回去吗？另外，你也不可能真正地回去，你都没有在那生活过。你在那要干什么呢？和谁生活呢？对我来说，这不是我的斗争。我都无法想象一辈子都在路易港游行抗争。我想要生活，我要工作。我现在还算有点成就，我还想更有成就。我想在伦敦生活。伦敦，就是我的家！"

两人面面相觑，彻底无言。他们互相看着对方，打量着对方。乔纳森不知道如何打破这种沉默，这种可悲的沉默。在这里，忧伤再一次浮现。

＊　＊　＊

夜很深了。乔纳森和德西蕾准备回家。

"我很想念我的岛。我开始讨厌伦敦了。"乔纳森对同伴德西蕾说。

他买了第二天《标准晚报》（*Evening Standard*）的第一版。报纸上说，下议院的工党和保守党议员都谴责了政府的背信弃义行为。报纸内页还说，《华盛顿邮报》报道了囚犯被运往古巴 X-RAY 营地①之前曾在迪戈加西亚岛关押并遭受酷刑，为此政府遭到质询，但政府对此并没有回应。

其他的新闻标题还有《毛里求斯威胁脱离英联邦，谋求在国际法院控诉英国政府》。这样做不难理解，因为英国古老法律规

---

① X-RAY 营地是关塔那摩湾海军基地关塔那摩联合特遣部队关塔那摩湾拘留营的临时拘留所。——译者注

定，禁止英联邦成员国起诉英国政府。

坏消息是托尼·布莱尔取消了和毛里求斯总理保罗·贝朗热的会谈，不过，好消息是，他给毛里求斯总理发去了一封言辞客气的信件。另一则好消息则是，保罗·贝朗热总理也做了如出一辙的回应。

读罢，气愤的乔纳森将报纸卷起，扔到空无一人的车厢尽头。

* * *

在希思罗机场的迪戈也读到了同一条新闻。他折起报纸放在身旁。此时，他正在等待安杰拉的飞机降落。安杰拉乘坐早晨的航班离开毛里求斯来伦敦与哥哥见面。迪戈想到了母亲索朗日，想起她的那种孤独，还有圣克鲁瓦的小房子。

一群查戈斯人穿过机场大厅，手中拿着暗红色的护照，不知该往哪去。他们属于第二拨选择来英国定居的查戈斯人。迪戈向人群中瞟了一眼，一个五官精致、年轻漂亮的混血姑娘的身影出现了。刹那间，迪戈以为看见了自己的妈妈。

安杰拉扑进了哥哥的怀里。兄妹俩给母亲索朗日打了电话，索朗日由于呼吸困难，刚刚被送进医院。每一次呼吸，都让她想起在诺达威尔号船舱里的噩梦。

《窃国者》

2004 年 10 月

英国

"从天堂到地狱",可怕的命运转折。除了这个句子,澳大利亚记者约翰·皮尔格简直再找不到更悲惨的言语来描述伊鲁瓦人的境遇了。他拍摄的纪录片《窃国者》在第四频道上映,牵动了成千上万英国民众的心。纪录片放映之后,一名叫约翰·纳格兰德伦的观众立马在网上写下了自己看完查戈斯人故事之后的感受。他这样写道:"通常情况下,我为自己是一名英国人而倍感骄傲,但今晚除外。我很抱歉,我的国家居然让你们承受了这么多不堪。当一个人见证了这么多的不公之后,他就再也无法袖手旁观。"

另一名叫作霍华德·亨廷顿的观众也写来一封信,寥寥数语中表达了自己的震惊之情。他说:"我为我的政府的举动感到万分耻辱。"

《窃国者》这部纪录片宣传得力,收视率很高。英国媒体纷纷刊登了公众的观影点评。身在奥萨布尔斯角的奥利弗也收到了6000 余份观众留言。毛里求斯的电视台没有播放此片。在伦敦,看完影片的乔纳森大受震撼。一旁的德西蕾也默默无言，泪流满面。一直以来，乔纳森以为自己已经非常了解族人的故事了，但对他们经受的痛苦，他却无法感同身受。此次观影让他切实体会到了反人类罪行给那些受害者带来的切肤之痛。凡是看过这部纪录片，就不会再觉得约翰·比尔格说的那句话刺耳了，因为那就是实情。犯下这一罪行的始作俑者本可能会提出异议，但现在他们却对此保持沉默。一周之后，该纪录片在奥萨布尔斯角公开露天放映。查戈斯人、毛里求斯政治家卡萨姆·乌蒂姆还有一众支持者们也前来观看，无人看后不为之震惊。影片后来又加上了毛里求斯克里奥尔语的配音在留尼汪上映。观众无不目瞪口呆，不管对情况了解多少，所有人都惊呆了。

人们在影片里看到了所有能看到的真实情况。看来，大家并不了解历史。影片中呈现的历史，大家从来没有从莉塞特、查尔斯雅或是其他人口中听到过。

纸上再现的文字，不论怎样书写，也只能让人对查戈斯人30年的悲惨经历产生一种隐约而模糊的印象，而影像则不同，通过语气和眼神，他们的悲痛、恐惧统统被强有力地传达出来。

听说过罗什布瓦的贫民窟，那是一回事，而看见，则是另一回事。房子没有门、没有窗、没有水、没有厕所，甚至连铁皮房子都算不上，这种场景怎么能想象得出来？那么，就看吧，听吧，路易·奥内辛在这种地方生活了30多年了。

"什么都没变。"他站在一个连门口都称不上的地方说了这句话。

摄影师走进了棚屋，满屋脏兮兮的，叫人还以为这是个废弃的房子，人在这种地方还有什么尊严可言吗？当一个人整日躺在这种破垫子上而根本无法入眠的时候，怎么可能还有力气斗争？

卧室？

不过是某种形式的床铺罢了。醒来的人把地方让给没法睡觉的人，这些人随后再把地方让给别人……

"一切都跟以前一样。"路易·奥内辛继续说着，"我老婆心脏病发作去世了。她也是因为悲伤过度死的。"

约翰经过一番认真调研，从档案影像中剪辑出这部影片，再现了伊鲁瓦人现在和昔日的生活。关于他们过去生活的这部分影像材料取自 BBC 于 1957 年拍摄的黑白影片，其真实性毋庸置疑。影片的旁白说道："这是一群曾在这片土地上出生、长大的人……"

约翰也因此向世人证实了一点，那就是真相再清楚不过了。他向大家展示了罪恶多端的阴谋是如何被策划出来的，多么令人反感生厌。伦敦的所作所为遵从着一个指令，即向全世界掩盖查戈斯人存在的真相。

外交部对真相视而不见，决定"千方百计确保岛上没有任何有关永久居民存在的迹象，顶多是流动人口……"

然而，文献之间总是会互相佐证，真相日益清晰。奥利弗和族人一起震惊地观看着悲剧的影像，而他们就是这桩悲剧的主人公。

影片是沉重的。邪恶掩藏在国家的理性背后。更为阴险的是，这种恶隐藏在所谓的历史逻辑之后。人们大概都忘记了，历史总是用人类的鲜血书写的。

影片中，约翰·皮尔格向一个美国人提问。此人为詹姆斯·施莱辛格，时任美国尼克松总统的国防部长。在查戈斯人被转移之后，他负责迪戈加西亚岛的战略发展工作。他的想法和30年前那个掌管世界最强军事力量的人是一样的。

约翰问道："当华盛顿或是伦敦作出决定要在世界另一头展开行动的时候，难道就没有考虑到这个行动可能会摧毁上千人生活的后果吗？"

施莱辛格不动声色地回答了这个问题，冷冰冰地为自己国家利益的政治理念辩护。他用极为冷淡的口吻谈起了历史上的重要军事决策，尤其是二战时期做出的重大决策，与此相比，查戈斯人的经历"相对而言，不是什么大问题"。

他评述道："现在这个事情浮出水面，只不过是想要寻求一些关注，但却不怎么考虑当时的时代背景……和人的心理状态。"

施莱辛格如此冰冷的一席话传遍了世界。奥利弗把这部影片带到了南非、澳大利亚，带到了冲绳岛，甚至是伦敦。约翰·皮尔格这边则持续在网上收集信息和观众留言。

2005年1月14日
毛里求斯　卡西斯

从伦敦到毛里求斯，路途遥远，距离超过10000公里，飞行时间长达11个小时。两地间隔4个小时时差。泰晤士河畔依稀还能听到阵阵痛苦呻吟，那是伤口无法愈合的伊鲁瓦人的呻吟之声。

在威斯敏斯特有百年历史的议会大厦里，最激烈的辩论尘埃落定，新的辩论又缓缓开启。七月的辩论喧嚣刚刚消散，约翰的纪录片在十月又点燃了大家的情绪。影片中，人们看见了比尔·拉梅尔部长的身影。六个月前，在其他议员面前，他自信满满地阐述自己的信念。

"您身处政府内部，难道就没有为这些发生过的事情感到羞愧吗？"约翰·皮尔格这样问他。

比尔·拉梅尔惊呼起来，但他没有让步。最终，他这样说："不。我并不羞愧。我自认为作出了一个负责任的决定。钱不是变出来的。钱怎么花，这个是必须做出选择的。"

就像杰里米·科尔宾曾说的那样，说来说去最终还是回到"钱"这个论据。另一种可能是，在别处再也找不到脱罪的理由。

* * *

3 个月之后，比尔·拉梅尔现身卡西斯。他曾在下议院面前作出了承诺——会见查戈斯人。

查戈斯难民组织的会议室里热潮汹涌。拉梅尔部长进入会议室之前，必须首先直面举着标语牌的各个活动人士坚毅的目光。

"返岛权！"

"还我迪岛！"

拉梅尔走进会议室，随行议员们和记者团尾随其后。这一行人中也有乔纳森的身影，他是受伦敦一家查戈斯人报社委派而来。会议室内，部长经过之处突然响起一个沙哑的嗓音，"拉梅尔先生，查戈斯呢？我们的岛呢？被海啸摧毁了吗？"

三个星期之前，也就是 2004 年 12 月 26 日，约 20 万人死于印度洋海啸。比尔·拉梅尔转过身循声望去，看见了在一旁嘲讽挖苦的西尔维斯特。拉梅尔有点窘迫，犹豫了一下，回答说："是的！

海啸！当然！"

海啸之类的风险是拉梅尔提出反对伊鲁瓦人返岛所援引的理由。不过，如此狂暴的海浪本会摧毁岛屿，但如今却变成一个可笑的假设，因为迪戈加西亚岛在 12 月的海啸中幸免于难，根本未受影响。西尔维斯特在一旁等着拉梅尔回复自己抛出的问题。

"据我所知，并没有被摧毁。"拉梅尔部长回应道。

西尔维斯特不依不饶，嘲讽地问道："那么，我们可以回去过日子了？"

比尔·拉梅尔盯着眼前这位老人，老人的眼神里全是控诉。老人虽然身体健康不再，终日饱受酒精和悲伤的折磨，但表情却始终平静。

稍后，会议结束，比尔·拉梅尔离开会议室时，带走了奥利弗刚刚放在自己面前的关于查戈斯人访岛计划的材料。

"您说会资助访岛计划。"奥利弗提醒道，"关于租船的问题，我们已经准备好一艘船了，就在迪拜等着呢。"

部长一言不发地离开了。

会议室外，一直等待着的伊鲁瓦人停止了喊口号，现场只有抗议者们的窃窃私语，准确地说，那是沉闷的愤怒和敌意，近乎一种咆哮。当部长被领着参观周围的小房子时，情况就更加糟糕了。乔纳森紧跟一群外国记者的脚步，在闪光灯下，队伍行进在荒凉的小道间，踩在板结的土地上。这里的房屋金属板锈迹斑驳，周围杂草丛生。部长将一切看在了眼里，离开之前他发表了一番讲话。

"你们对主权的要求是不可接受的。别忘了，总共有 1450 万英镑的赔偿款已经分配给了 1350 人。"

钱，说来说去还是钱。用钱来保障良知，这让人起疑。

"至于你们访岛的组织安排，"他又说，"最好问一下你们的政府为什么这个安排被推迟了。你们中的有些人指责政府破坏了组织活动。这不是空穴来风。"

他走了。没有人明白他来的目的是什么。很明显，他的来访没有什么值得期待的。

英国人聋了，瞎了，哑了，对这些"失根者"的祈求充耳不闻，视而不见，一言不发。不管他们看见了多少个贫民窟，他们永远只会说出粉碎别人希望的话来。

彻底的幻灭。

* * *

圣克鲁瓦

乔纳森乘坐的出租车停下了。司机总算找到了路。从车门望过去，乔纳森瞥见了树篱后面的一栋小房子。周围有几棵大树，门口围着一个小栅栏。门廊下面，门半掩着，暗处，浮现一个瘦小的身影。

索朗日向前迈了一步，差点晕了过去。乔纳森长得实在太像迪戈了！

索朗日身着一条款式简单的裙子，卷发高高地挽起，美丽的面容尽显无遗，尽管这张面庞已被刻上了痛苦、疾病和忧愁的痕迹。

刚才，就在奥利弗·班库尔特与英国部长会见的大厅里，乔纳森在那群活动分子中就看见了索朗日。她坐在丽塔和查尔斯雅身旁。当时现场乱哄哄的，他没找着机会靠近她。

"我从伦敦来的。"他害羞地说，"我是迪戈的朋友。"

"乔纳森！我想，您一定经常和他见面吧。他对我说了。"

"是的，倒是经常见面呢。不过，他工作很多，挺忙的。您知道的。"

"我知道。他现在在那么远的地方。"

乔纳森向索朗日讲述了迪戈职场的成就。索朗日的面颊绽放了光彩。她一边听着，笑着，几行泪顺着脸颊流下来。乔纳森讲了很久很久。索朗日很喜欢他的浅肤色和波浪般的卷发。小伙一身黑色西装，看起来很精神。迪戈一定也穿着这种类型的服装吧，她联想起自己的儿子。

"我经常想着什么时候才能再见到他呢。为了让他去英国学习，我可是想尽了办法。现在他能在那工作，倒也是正常。"

她突然停止了讲话，不停地咳起来，声音嘶哑了。乔纳森赶忙给她递了一杯水。索朗日喝了一点水，这才缓过气来。

"这个，就是在诺达威尔号落下的毛病，这就是流亡的伤疤！更别提心里那股子痛了……"她说道。

乔纳森默不作声。明天他得通知迪戈，把迪戈母亲的身体情况告诉他。

"他有个挺漂亮的女朋友呢。"索朗日笑着说起来，一脸幸福，就好像刚才什么事也没发生。"塞雷纳是个模特对吧？我挺希望两人回来看看我呢。"

突然，索朗日又问起另一个问题，"跟我说说，乔纳森。您，您为什么这么关心查戈斯人的事儿?"

乔纳森谈起了他的祖母杰曼,她就是从佩洛斯-班豪斯岛上被赶走,流放到了马埃岛。

话音刚落,索朗日又开始一阵猛烈的干咳,身体也跟着抽搐起来。

"我总是能闻到这个可怕的味道,鸟粪味儿!怎么都忘不掉!"

"是这样的!我想要帮查戈斯人斗争。"

她看着他,目光很温柔。

"奥利弗和其他人一起斗争了很多年了!"

"但是结果呢?"乔纳森喊起来,"您很清楚的!我们是在跟一个藐视法律、藐视法庭判决的大国打交道。您非常清楚,这个国家不择手段地碾压我们。"

索朗日吓坏了。乔纳森忍耐着什么,她太清楚不过了。她伸出手来,让他安静。她不愿意从他口中听到她不想听的东西,这也是某些人暗地里所渴盼的邪恶的东西。

"做点别的事情!抗议够了,绝食示威够了!打官司够了!磨难还不够多吗!"

就在这一瞬间,乔纳森让她感到害怕。她见识过查尔斯雅心中那永不磨灭的火焰,她也在路上看见过莉塞特直射人心的目光。不过,此刻,她感受到的,却是暴力,是乔纳森体内那难以控制的,即将喷涌爆发的恶的力量。索朗日尤其担心的是,儿子迪戈会因这些失去理智的话头脑发热。

"别担心!"乔纳森说,"这只是我表达愤怒的方式。迪戈可比我乖多了,他的斗争在城市。他是想要成为人上人的。"

一阵长久的沉默。

"我不知道该不该和你说这些。"索朗日有点担心地说，但口吻依然很柔和，"你不要和迪戈说这些，他的父亲阿比曼尤死了。很突然的。就是不久前的事儿。他在职场挺顺利的，很成功，但我知道，他是个很不幸福的男人。"

索朗日开始哭起来。

"我想回去，去他的村子里跟他告别。可就在我到他家门口时，我却没了勇气。我实在没法面对他族人的目光。我放弃了。"

慢慢地，她举起一根手指放在嘴唇上。

"千万，别跟他说。"

乔纳森做了一个简单的手势，向她保证，但他也知道自己是守不住这个秘密的。

乔纳森起身，紧紧地拥抱了索朗日，她闭上眼，粗糙的手指在乔纳森的脸庞上移动，找着儿子迪戈面部轮廓的影子。乔纳森感到无尽的母爱的温柔。索朗日再次睁开眼，目光灼灼。然后，她再次用尽全身力气，抱住了乔纳森，放声大哭。

乔纳森猛地冲回了出租车里。他不想看见索朗日被孤独击垮崩溃，头也没回地离开了。

伦敦恐袭

2005 年 7 月 8 日

伦敦

24 小时了。迪戈把所有报纸铺在地上。电视、收音机都开着。电话响个不停。笔记本电脑也开着，屏幕中的网页不再是往常的东京或香港股市的走势图，而是 CNN 实况新闻，播报着全球时事。

7 月 6 日，伦敦人得知了 2012 年的奥运会将要在他们的城市举办。自消息发布的那刻起，伦敦的酒吧热闹非凡，整晚的狂欢、庆祝，一些人宿醉不归，直到第二天早晨才回家。一切都很正常。7 月 7 日，本应也是个好日子。这一天的 8 点 50 分，正是一个美好的夏日清晨，正是人们上班的高峰期，人们急匆匆地在大街上、地铁上赶路。

然而，突如其来的三枚炸弹袭击了伦敦的心脏。恐袭发生在三个地铁站：奥尔德盖特（Aldgate）站，埃奇韦尔（Edgware）站以及拉塞尔广场（Russel Square）站。6 人死亡。上百万人惊慌失措。一个小时之后，9 点 47 分，一辆红色双层巴士的车顶被第四枚炸弹炸掉。13 人死亡。

176

恐袭造成了 52 人死亡，700 余人受伤。这些数字还不包括那些患上创伤后遗症的群体。自这一天后，他们再也无法安心地乘坐地铁出行了。

迪戈被报纸的标题和头版上的一张照片吸引了目光。照片上有两个人物，是身处袭击风暴中的一个男人和一个女人。

女人没有露出脸庞，人们也无从知晓她的名字。女人的脸上盖着一块白色纱布，覆盖着伤口，纱布缝隙中隐约露出她的眼睛。她用手扶着纱布，右手无名指上的一枚漂亮戒指清晰可见。在周遭近乎地狱般的场景衬托下，这样的精致显得尤为格格不入。

迪戈目不转睛地看着这张照片。照片上还有一名年轻的金发男子，伸出胳膊搂着女人的肩膀。男人个头较高。他弯下腰，引领着她，保护着她，蓝色双眸紧张地寻找着正确的出口。他要把女子带到庇护所交托给救援人员，再由他们带她去医院。

这只是两个无名氏而已，但伦敦的大街上，还有上百、上千人，在残存的人性中互相寻找宽慰。

迪戈躲在酒吧，等着获取有关恐袭的最新消息。他联系不上妹妹安杰拉。别说伦敦了，在整个英国大家彼此都联系不上。不过好在最终安杰拉接听了电话，安慰了哥哥。她人在学校里。

酒吧的电视前，所有人都在默哀。

迪戈注视着电视屏幕，镜头下是冒着黑烟的支离破碎的地铁车门，成堆的变形的金属部件，躺在站台上的伤员，呼救声、警笛声不绝于耳……这一幕幕画面让他心有余悸。

他一直认为，这里是他生活的国家，可现在，他却感到孤独，他从未如此迷茫过。口袋里的电话响了，是乔纳森打来的。"总是他打给我。"他心底突然冒出这个念头。

他回拨过去，占线中。此刻乔纳森正同时打给在市中心的国王十字火车站工作的德西蕾。乔纳森不停地拨打，电话却始终无法接通。终于，德西蕾回电了，她人在办公室。

在酒吧里的迪戈视线一刻也没离开过电视的画面。世贸中心遭遇恐袭的那一幕让他又回到了记忆中。迪戈想到了毛里求斯，想到了母亲，想到了族人们。他从来没有像现在这样感受到如此这般的恐惧和孤单。

晚上，迪戈去了乔纳森的寓所。两人很久没有这么亲近了。乔纳森满脸堆笑，对迪戈格外亲切。好几个月来迪戈没和乔纳森联系过，乔纳森也一样，没给迪戈留下任何自己的消息。不过，现在可不是互相指责的时候。

"这些恐怖分子！你告诉我，有人对他们做了什么吗？"

"什么也没有，你知道的！但是恐怖分子就是觉得自己被排斥。有人让他们相信这一点，并操纵他们。"

迪戈努力地听着乔纳森说着。谈论着"受压迫者的事业"，以及查戈斯人的悲剧和恐怖袭击之间的关联……

"什么关联？"迪戈不解，"这什么和什么呀！"

乔纳森情绪激动地说起来："我们查戈斯人，难道我们不想要公正吗？你不这样想吗？世贸中心，驱逐恐怖分子，阿富汗，伊拉克，迪戈加西亚的战斗机，这些都是联系在一起的！"

迪戈对此知之甚少，但他不能也不愿再听下去了。他想让乔纳森闭嘴，于是他不再听乔纳森说什么，思绪游离。他需要独处，需要面对自己。他张开双臂，仿佛要截断乔纳森绵延不断的话语波涛，让乔纳森彻底安静下来。

他双手抱住头，试图把这些年来自己主动隔绝于外的那些记忆、那些念头统统找回来。

上帝！这份安静，多么的宝贵。括号的另一半画上了。终于轮到他来表达了。他请求自己的朋友不要把他的想法当作敌意。

是的！确实是这样：每当有人对他说起"那里"，说起岛屿、返岛之类的话题，他就僵住了，眼里噙着泪，"我不属于那里。"他这么说着，和英国人一样。当英国人在某处感觉到陌生的时候，就会冒出这句话。

迪戈温柔地提起了自己的母亲，他理解她，理解他的祖父母，但他不想像他们一样，一辈子都只会说，"查戈斯人是无根的人。"他对此无能为力。

不过，他所能做的，就是阻止极端主义思想的疯狂蔓延。绝对不能向暴力的诱惑低头。

"你在问我怎么做？"

迪戈靠近他的朋友，抓住他的肩膀，直视其眼睛的最深处。

"我在找！我拒绝成为'无根的人'。我几个礼拜不给你打电话，不是因为我忽视你。我不同意你的想法，但如果你与自己达成一致，你的所作所为是为了善，那就是值得尊敬的。这段时间，我，我一直在找，想找一个我能说话的地方：这就是属于我的地方，我不知道还有哪……"

两个人紧紧拥抱在一起。

安静的气氛被电话铃声打断。迪戈的眼睛紧盯着滚动播放的悲剧画面。这些画面，与他所热爱的伦敦的景象、与他想取得的成就和富足的愿景，与他第一次有关职场成功的记忆，以及那些转瞬即逝的快乐画面，竟如此的不同。

塞雷纳的画面突然跃入迪戈脑海。

那是一个早晨。他还没有起床，这个美妙人儿已经起来。这一天的她，无比优雅动人。她的脸上并没有流露出任何与他们欢愉长夜有关的痕迹。仅一秒钟，一个吻，她拾起包，消失在门口，香水味弥漫在房间的过道中。

她刚出门，即刻又回来了。她的爱马仕方巾遗落在床头了。但就在转身离开之前，她似乎完全变了一个人，目光很疏远，很陌生。"实话说吧！我还没跟你说过，我觉得我不想结婚！事业是第一位的。我们要谈谈吗？你明白吗？"

塞雷纳走了！迪戈听见电梯的门关上了，一阵寂静袭来，把他的慌张团团包裹起来。

这个画面消失了，乔纳森的声音浮现在耳边。迪戈把视线从电视屏幕前挪开，听着他的朋友讲起自己在毛里求斯的旅行。

"我去了路易港。"他说，"大家都在打听你的消息。我想告诉你来着，但打不通你电话。我见到了你妈妈！"

索朗日！

迪戈和安杰拉见了面，两人找了一处安静的地方给身在圣克鲁瓦的妈妈打了一通电话。

"迪戈，我的孩子们！安杰拉！安杰拉！"

"妈妈，我们在一起。"

“我特别害怕。大家都说这次恐袭是为了报复从我们那儿出发的战斗机。我们那儿的！”

“不是的，妈妈。别再担心了。”

索朗日的声音就像是给孩子们的一服安慰剂。三人像抓着救命稻草一样，紧紧贴着听筒，生怕漏掉一个字，不想辜负任何一个瞬间。

安杰拉自己并没有发现，手机被她攥得紧紧的，仿佛用尽了全身力气。索朗日在电话里也一直在哭。最终，迪戈挂了电话。

现在，乔纳森正给迪戈讲起自己看见索朗日时的感受。他说，他觉得索朗日非常年轻，可是岁月却又在她身上刻下了那么多的印记，让她显得那么的脆弱。她一瞥见乔纳森的身影，就迈开步子匆匆地朝他跑过来。

“那是因为她把我当成了你。她特别为你骄傲。你取得了这么多成绩，她真的特别骄傲。她也很想让安杰拉像你一样出人头地。”

好几次，乔纳森话到嘴边了，又将其咽下了。他想说出迪戈父亲去世的消息，但最终还是改了主意。毕竟，索朗日和他叮嘱过，这件事千万不能告诉迪戈。

索朗日

2006 年 10 月

圣克鲁瓦

闪电划破夜空。

夜晚的空气很潮湿。男人们加入了女人们的队伍，一起唱起非洲的旋律，是来自"那里"的旋律。一个男人跟随着鼓点，模仿起昆虫的行动来，变身为昆虫人——死神的化身。老伊鲁瓦人围着他，要把他赶走。接着，另一个人占据了死神的位置，所有人都大幅度地舞动，把他从死神的位置上隔开。然后，第三个人疯狂地扭动，想要驱逐死神。白铁皮盒、棍子和盆的共振共鸣，给这个昏暗夜晚中的悲戚舞蹈添加了节奏的律动。

索朗日躺在一张白色床单上。

她的脸庞在过去几个月里变得瘦削了不少，不过现在又恢复了安宁与从容的神情。一根蜡烛照亮了她的额头。她的头发高挽成发髻。人们在这个小房间里忙来忙去。艾维亲吻了女儿的额头，然后坐了下来，久久都未挪动身子。

雷鸣过去。

细雨纷纷，出门在外的男人们不得不躲在一个破旧的打蜡帆布制成的临时帐篷下等待雨停。天色见晴，他们就又成群结队地去杧果树下一边玩牌和骰子，一边大口喝着朗姆酒。偶尔，男人们也会互相推搡打斗，得费劲才能把他们分开。

伦敦。几个小时之前，餐馆里，迪戈感到口袋里手机在振动，他一边拿出手机，视线仍一刻不离塞雷纳。当他发觉电话是从毛里求斯打来的，表情瞬间凝固了。他立刻明白，这是关于母亲的消息。他知道，她走了，但他能做的只是出现在母亲的葬礼上了，地点在圣克鲁瓦。

安葬索朗日的前夜，迪戈在床头点燃了一根小蜡烛。他一直跪着，祈祷着。

不久，迪戈陪同祖母去了墓地。祖母跪在扎在泥土中的木头十字架前，献上了一捧石碱花。

回程路上，艾维拉起了迪戈的手，两人一起走向海边。

"你母亲回了一次岛，她特别受触动。她希望你离开伦敦，回来。"

"真的吗?"

* * *

第二天，在查戈斯难民组织中心，迪戈向奥利弗问了一个问题。

离开的人和留下的人相遇了。留下的这个，为族人能够返回故土而抗争。这片故土，就是他们想要生活、想要有生死相安的权利的地方。

而迪戈对这场斗争一无所知。奥利弗告诉了他一切，倾其耐心。迪戈听着，接着又问起了母亲曾经的斗争经历。

"一切都是自然而然发生的。"奥利弗这样说，"之前的她，一直觉得自己是个局外人。她也很想对伊鲁瓦人的苦难置之不理。她受够了在学校里、在大街上被人指指点点，她受尽屈辱。所有人都经历过这些，但她不一样，她想要离开。然后，你长大了，尤其当你去了伦敦，她觉得投入斗争的时刻到了。她就这样加入了我们……"

"祖母说，母亲希望我回来，还说，母亲去岛上那次朝圣般的经历极大地震撼了她。"

"是的。这可能是因为她亲眼看到了，也明白了这一切在老一辈心中的分量。她知道自己应该加入他们的队伍。但她既没有力量，也没有时间。"

说完，奥利弗看着迪戈，深深地看着他的眼睛，笑起来，"不过，你呀，瞧！现在你不在这儿嘛！终于！"

奥利弗一边说着话，一边打开了电脑。

"看！"他把电脑转向迪戈，"这就是 6 个月前，我们去'那里'的旅行。"

2006 年 4 月

海上

特罗凯蒂亚（Trochetia）号向北驶出路易港港口。

第四天拂晓，太阳给地平线上的小点镀上了一层金光。接着，群岛的影子跃出海面。群岛出现的那一刹那，它们的名字也呼之欲出。

"那里！三兄弟岛！"西尔维斯特大叫起来。一个又一个岛屿挨个浮现。"福凯岛！姐姐岛！"岛屿的名字在众人口中此起彼伏地响起。

100 多号人，靠在舷墙上，记忆涌出如海浪。

"看我们的岛！我们的家！"

丽塔、莉塞特、查尔斯雅和奥利弗也在这一行人当中。索朗日是替艾维去的，因为艾维太累了，无法出行。还有一些人缺席了此次返乡之旅，是那些没能走出阴霾的人们。人们还记得他们，深深地怀念他们。30 年前，他们拒绝流亡，生命早已消逝于海上。老亚历山大就是这样走的。他跳入大海中，海水永远带走了他。船长特意下令停下船。甲板上一片寂静，只听得到风声和人们小声祈祷的声音。大家就在此处为被海洋带走了灵魂的老亚历山大祈祷。他用生命拒绝不公，关于他的记忆至今留存在所有人的脑海里。这祈祷也是为这记忆而来的……

大家向海面上空抛出了安祖花、玫瑰花和石碱花，花束被波浪推去了远方，花瓣在墨色的浪尖舞动，最终消失得无影无踪。

到了萨洛蒙岛。第一艘小艇靠近码头，伊鲁瓦人穿着鼓鼓的救生衣下了船。两名英国士兵早在那里等候。是英国人让了步才有了此次旅行，不过，一切安排都是在他们的眼皮子底下进行的。

刚一下船，男人们的喉头开始发紧，女人们则大声呜咽起来。

"这些岛都是我们的岛。"奥利弗喃喃自语。

大家抱在一起，哭着，躺着，亲吻着沙子。众人激动的目光中，也带着一些说不清道不明的东西。怎么说呢，这么多年了，多少个日日夜夜都是在回忆和遗憾中度过的……唯有此时此刻，忧伤才减少了一些。

索朗日想起了孩子们。

"这里也是属于他们的。"她这样想着。

一支陌生的队伍在岛上出现了，一行人穿过丛林，来到被椰树和灌木林覆盖的已成废墟的小教堂的门廊下。人群唱着圣歌，屈膝行礼。接着，大伙儿七手八脚干起活来，除掉枯叶杂草，教堂又恢复了一些生机。女人们还在祭台的石头上点起了蜡烛。

人们去了墓地，边哭边找故去亲人的墓碑，祈求逝者的原谅，因为他们许久没能来扫墓了。对于亡者而言，这就等同于两次死亡。可事实是人们再也没有为亲人扫墓的权利了呀！请原谅吧，亲人们。接下来要做的，是清扫墓地，扫除沙尘，然后再一根一根地，清理那些扎根的藤蔓。唯有这样，才能让废弃掉的坟墓再次享有尊严。

"流动人口"，这就是英国人口中称呼的这一批人。可有谁见过这样的"流动人口"？与祖先的连接与对祖先的信仰如此深沉的"流动人口"？

落潮了。英国人规定伊鲁瓦人不能在岛上过夜，他们必须回到特罗凯蒂亚号上。夜幕很快降临，星空璀璨。

船一点点行远，甲板上的人们宁愿彻夜不眠，也要沉醉在温柔的晚风中。这晚风，这般柔和，多少年过去也难以忘怀。

人们小声低语着，空中突然响起一个低沉的唱诵声。"黑皮肤，周围都是黑皮肤的人……"

这是查戈斯人在毛里求斯唱的歌。但凡朋友们聚在一起，从欢乐跌入悲伤之际，他们就会唱起这首歌来，在不幸中呼唤着希望。

这个晚上亦是如此。老伊鲁瓦人用嘶哑的嗓音断断续续地唱着。月光下，佩洛斯-班豪斯岛皎白的珊瑚沙滩上，映现出一抹郁郁葱葱的植被。

早晨，奥利弗和妹妹米莫斯扶着丽塔走进潟湖的水中。奥利弗曾答应过丽塔要带她回"那里"。他多么希望此刻即是永恒，不过，即便时光短暂，丽塔看起来还是一副幸福的模样。她是第一个走在自个儿小岛沙滩上的返乡者。这里，是她出生的地方，这里的教堂见证了她受洗、走进婚姻殿堂的人生旅程。丽塔牵着奥利弗的手，走进一片林中空地。

"奥利弗，你就出生在这儿！我们的房子就在那儿。"

房子的外墙被掩盖在一片灌木丛中，丛生的杂草将房子包裹得严严实实。房顶早已不见了，洗衣的石板还在原地。房子外还发现一个旧水壶和一个没底儿的大盆，是曾经作孩子们的浴缸用的。奥利弗还在父亲的旧棚子里发现了一把被藤蔓包裹的十字镐，把手已经被腐蚀掉了。

丽塔又带着奥利弗穿过灌木丛，来到一块离房子不远处的打磨过的石头跟前。这是他祖父的坟墓。奥利弗在墓碑前找到了十字架，这是他第一次返岛时摆下的。旁边的三敛树经历了这么多年风雨也一直都在。奥利弗点燃一根蜡烛，摆上几棵小皂角树枝，沉思起来。

"埋他的时候，我也在。"丽塔小声说。奥利弗站起身来，铿锵有力地说道："有一天，这片土地还会再次迎来我们的族人。"

众人在佩洛斯-班豪斯岛上学校的废墟前停下了。镜头停留在一个金属板制成的简陋建筑的残骸上。

迪戈观看着录像，画面所拍摄的旅行过程已经是几个月之前发生的事了，迪戈从中看到了童年的故土。镜头还直接对准了索朗日，她坐在一棵树下，目光注视着小教室的门口，迟疑着不敢进去。这个表情，迪戈再了解不过了，它包含了太多的情绪。迪戈猜想，母亲当时正面对着自己的过去，内心充满了万般焦虑与烦恼，喉头打结了一般，她又怎么可能像同伴那样轻松地径直走进去呢？

迪戈把手伸向电脑，暂停了播放。他注视着画面中的索朗日，读着她的目光。一瞬间，他又松开了手。

"时间，是无法停止的。"他在心里对自己说。

最后一站，是一个水泥码头。

特罗凯蒂亚号靠岸了。去迪戈加西亚岛没有小艇。只有一座廊桥和一个水泥码头。码头上立着一名英国军官。军官戴了一顶帽子，穿着一身完美的白色制服，身上的军衔金灿灿的。他向这群踏上故土却没有半点慌张的男人女人们伸出手来。

莉塞特·塔拉特是第一个下船的。

军官微微倾了一下腰，向她做了自我介绍，然后向她伸出手问好道："您好吗？"

他一定是没有充分考虑过这个问题意味着什么，尤其是向这样一位女士提问，因为这位女士65年前就出生在这个叫作迪戈加西亚岛的地方，却被自己的国家逐出了家园，随后一直斗争至今，她是一名不折不扣的女战士。他向这名女士提出这样的问题，显得多么的粗鲁和冒失。

188

忧伤的群岛

"您好吗?"

莉塞特一言不发地走远了。

军官向莉塞特身后的男人伸出了手。没人知道这会不会是一位"人猿泰山"或"星期五",但人们所看见的是一位脱下了帽子回礼的男人,这一举动让军官在心里发起了嘀咕。紧跟其后的两名伊鲁瓦人也纷纷脱帽行礼,随后再握住军官伸出的手——显然这是在英式学校里所得到的良好教育规则的体现,甚至,这些"失根者"们比某些人做得还要好。当这两名伊鲁瓦人跪在地上亲吻土地时,其中一个男人忍不住哭了起来。

军官走了几步,待在一旁,双手很快背到了后面。"握手礼"结束了。

伊鲁瓦人被带上了大巴车,他们要穿行整个岛屿。在这里他们少不了要遵守林林总总的各类行政手续。禁令也都是一样的——"禁止拍照!"军事基地的跑道上,一些轰炸机等待起飞,飞向新的战略目标。英国和美国军官的身影无处不在,千方百计想要掩盖岛上安置的军工厂据点。然而,这个任务压根不可能完成——目光所及之处,军事碉堡一目了然。

这个美丽的天涯海角已然沦为死亡发动机的货仓。

说实话,今天的迪戈加西亚岛已经了无生气。没有什么东西是能与人有所交流的。在岛民被赶走的那一刻,岛的灵魂也已随之而去。那个时候,各家各户被召集起来聚在东方之角的总督的老房子前,大伙儿被告知他们所有人必须得放弃这个地方。现在,总督的房子仍威严如昔,矗立在原地。不过有一点不同的是,殖民总督府邸被翻新过了,如今是基地的行政大楼。

公墓和教堂还被维护着。建筑前面立着一块牌子，重新被粉刷过，上面写着，"此地庄严，务必尊重"。

大家开始祈祷。

迪戈加西亚岛是岛民忧伤最重之地了。之前在萨洛蒙岛和佩洛斯-班豪斯岛两地故土重游的人们本来还满心幻想，现在倒好，迪戈加西亚岛这个热带水泥岛上的旅行让所有幻想荡然无存。岛屿彻底被毁了。游客们迷失其中。大巴载着他们穿梭，可哪里都没有了往日的踪迹。过去的记忆无处安放，连带着希望一起落空了。他们变成了一群无可寻觅的游客！

费尔蒙脑袋发热，心里有了一个想法。

"一定要找到保罗·卡博什的收音机。"他抛出这么一句。

保罗·卡博什是二战期间的一名地下无线电通信爱好者。在得知日本军队将要抵达的消息后，他把机器藏了起来。听闻费尔蒙此言，大伙纷纷行动了起来，最终却是一无所获。要是真有这么回事，那倒是挺有趣的。英国军官还有陪同人员对众人这一举动感到莫名其妙，但倒是什么也没说。

伊鲁瓦人一行默不作声地走在滚烫的热浪中。漫无边际、毫无目标的行走把他们带到了过去的椰子劳作点。为了重温一下旧日的乐趣，一个男人坐下来操起了劳作的手势——给椰子皮"打褶"，那会人们是这么称呼的。

附近还有一处十分显眼的残迹，那是一架二战末期在岛上搁浅的美国水上飞机——卡特琳娜（Catilina）号的残骸。

"我们那会就在这里玩。"奥利弗回忆起来。

索朗日依稀记得，那时的他们就在这片茂密的树林里捉迷藏，

190

玩到最后，大家一起去碧绿的潟湖中玩水。

夜幕降临，英国人下了指令，该登船了。发动机再一次震动起来，整个船身抖动着，驶向南方。

这一刻，索朗日害怕起来，她害怕船体摇晃的那一刻，她害怕船头劈开海浪的那一刻，害怕水流产生的气泡，害怕它们划出的痕迹，害怕新的出发，害怕再次被割裂而远离她的土地。曾经那种忧伤的感觉现在都挥之不去……那疲惫不堪的时时刻刻，那漫长的、难忘的旅程，诺达威尔号上那令人作呕的污秽味道，鸟粪的瘴气，把人闷到无法呼吸，那个可怜的小女孩在船舱底部翻来滚去。索朗日很确定，就是这可恶的鸟粪，滑进了她的胸腔，带来了疾病，让她再也无法躲避，无法隐藏。

军事基地的灯光一点点远去。水泥铸就的迪戈加西亚岛，肮脏、污秽、扭曲。不过，索朗日惊讶自己竟然在这个晚上出奇的平静。一股新的力量在体内驱生出来。她见过了，也走过了这片出生的土地，呼吸到了这里纯净的空气。第一次，她产生了这样一个想法，她希望迪戈也能感受到这股神圣的火焰的力量。

甲板上，老罗兹蒙讲起了母亲曾讲过的，让他终生难忘的故事。

那是一个叫作尚迪的老印度人的故事。他在自家田地和行政长官住地中间的地方种下了一颗波斯丁香的种子。就是这颗种子，后来长成了参天大树，成了岛上所有印度家族祭拜的圣地。

尚迪就在这棵树下祈祷，像那个年迈的牧师马尔迪一样。几米粗的树干向天空伸出了巨大的树枝，仿佛在向神敬礼。一天，一个指挥官下令砍掉这棵已成为神圣象征物的大树，把木头送去当燃料，放在烧椰子壳的装置里。

一个叫作阿里斯蒂德的结实家伙，为了换取长官承诺的几升酒，自告奋勇地承担砍伐的任务。第一斧头下去，树皮中渗出红色的液体，就像伤口滴出的血。阿里斯蒂德干得更起劲儿了。白色的木屑染成了一片红，堆积在地上。

在一片痛心的呜咽声中，巨大的树干爆裂开来，倒向地面，发出可怕的撞击声。

"我成功啦!"阿里斯蒂德得意地叫起来。

第二天早晨，人们看见阿里斯蒂德坐在马路旁边的房门前。大家和他打招呼，他却不做回应。一个邻居见状觉得奇怪，便上前拍了拍他的肩膀。阿里斯蒂德的身体在椅子上晃动了一下，早就没了生命的体征。他死了。

接下来的日子里，一场可怕的瘟疫袭击了整个村庄，夺走了3个人的性命。老伊鲁瓦人说，行政长官做梦时，总会梦见7位身着白衣的亡灵。绝望之中，他不得不请求马尔迪牧师出马，举行一场仪式。第二个礼拜天，村庄就又恢复了宁静。

* * *

圣克鲁瓦，索朗日葬礼的第二天，艾维全程监督着仪式的进展。她要求彻底清扫房间，灰尘必须被放进一个罐子里。然后，她和女邻居们一起，把灰尘撒进水里，并要确保她们所有人在她完成必要的动作之前不得回头。

八天后，迪戈来到一个小教堂参加了一场大型的葬礼仪式。现场请来了哭丧者，墙上挂着圣像，地上摆放着白色的花朵，还燃起了蜡烛。午夜，圣像被倒过来，花朵被扔出门外，这是在赶走死神。

＊　＊　＊

"这个民族拥有无法估量的财富。"埃尔为·拉西米朗向问个不停的迪戈说道。

费尔南·曼达林告诉迪戈："拉西米朗是我的律师。你得好好见见他！是他说服了联合国，承认了查戈斯人的存在，承认了我们的身份。他会跟你说明一切的。"

迪戈听这个被查戈斯人的独特之处和传说故事深深打动的法律人诉说着。

"伊鲁瓦人是独一无二的。"拉西米朗律师解释道，"他们相信梦，颂扬自然中的神灵。在他们眼中，万物有灵。每一个岛都有自己的信仰体系……"

埃尔为的双眼写满了感动，当他的目光与迪戈的目光相遇，他问："你知道卡通博的故事吗？"他告诉迪戈："那是一个奴隶。行政长官罚他的妻子以鞭刑。卡通博恳求刑罚不要那么重，但是遭到了拒绝。卡通博做了法，当鞭子响起的时候，总是长官的妻子承受鞭刑的痛苦。于是，卡通博被下令淹死，他的手脚被捆在一起扔进一个袋子里。但长官从行刑地回来的时候，却又遇见了毫发无损的卡通博，他正在沙滩上等着长官。"

"只有充分了解查戈斯人，才能明白这些故事。英国人觉得他们可以毁掉一切，连同这些故事也一起摧毁，英国人从来不相信岛上有原住民，这是他们犯下的最愚蠢的错误。而正是这个错误，指引他们犯下了这样的罪行。"

"你知道什么是原住民吗？"埃尔为问迪戈。

迪戈笑了，他并不知道。

律师继续说着，他没有给这个年轻人太多思考时间："原住民，意味着'出生在某地'。随着时间流逝，男人、女人对这片土地产生了依恋。这些人都是奴隶的后代，他们并不知道自己的祖先来自何地。我们人类，总是无可抗拒地想要了解自己从哪里来。但是，没有人能告诉这些奴隶的后代，他们到底来自哪里。那些能够告诉他们的人，也并没有这样做。于是乎，他们就这样，一代代地，生活了下来，在这里，埋下子女的脐带。查戈斯群岛成了他们的'故土'，就像所有语言里称呼的那样。这就是脐带，是连接之所在。在那里，血缘的权利与土地的权利无法分割开来。"

秘　密

2007 年

英国湖区（Lake District）

　　罗伯特·汉密尔顿开车带着迪戈走在一条小道上，他们在去往湖区的路上。这是英国最美的风景地之一。年轻人只是向窗外看了几眼，雄伟高大的树木矗立在山谷，在秋色中蔚为壮观。先前，迪戈还说有好多事情要问问自己的这位朋友，此刻，他却默不作声了。出发前，罗伯特给迪戈打过一个电话，语气十分紧急，说他在利物浦机场等着迪戈。

　　一抵达村庄小屋，罗伯特拿出一个文件夹，放在茶几上，递给迪戈。

　　"这是拉里准备的，已经是好久之前的事了。我一直留到现在。他想让我在合适的时候把这个东西交给你。"

　　迪戈打开文件夹。一张照片跃入眼帘，那是 20 岁的索朗日。彼时的她浑身散发着克里奥尔人张扬的美感，美得不可方物。

　　"我没见过这张照片。"他说。

　　"这个文件夹里有好多都是你没见过的。"罗伯特温柔地回答，

"你想从哪开始看起？"

"我不知道。有太多东西我都没经历过。我不知道我是谁，或者说，我知道谁是我父亲，但我从不认识他的印度家族。印度人觉得，克里奥尔人和查戈斯人就是另一个世界的。母亲来自佩洛斯-班豪斯岛。父亲压根儿就没想过要娶她。"

"没有人跟我说他已经死了。我妈妈没有说过，他的家里人也没说过。"

一阵短暂的沉默。

"我还不知道的是，我怎么到的这儿——英国这个地方，为什么你要照顾我？为什么你要供我上学？可我妈妈是根本供不起我的。为什么你关心我和安杰拉？就像你今天做的一样。你得告诉我这一切是怎么回事。"

迪戈从夹克里掏出一个旧信封，笨拙地打开，就像打开的是一封等候已久的来信一样。他递给了罗伯特。

信封的邮票上印着女王的肖像。

这是祖母在毛里求斯机场与他分别时交给他的。祖母什么也没说，只是递给他一扎文件。飞机升空后，他才在这堆文件中发现这封信。迪戈猜测，这一定是拉里的信。

"你是我的挚爱。来英国吧。"

信封里还有一张精心叠过的纸，页面已经泛黄，上面是母亲的回复。"我怀孕了，有了一个孩子。我害怕！"但这封信从来没有寄出过。

罗伯特静静地读着，然后把信放回原位，他亲切地看着迪戈。

"这个孩子，一定是……是安杰拉。肯定是的。"罗伯特叹了一口气，"我早就知道了。索朗日和我说过了，可她不愿意告诉拉里他有了一个女儿。"

"今天就得让他知道。"

"是的，迪戈。他在很远的地方，在太平洋。他已经不再关心什么是是非非、人情世故了。今天，也就是你，需要作出这个决定，去告知他这些事情了。我看看你怎么能联系上他，每次都得花好一阵工夫才行。"

"至于我嘛，我为什么要帮你在英国走出来，那是因为拉里一直在赞助我。他家境很殷实。他做这一切是为了索朗日，为了让她看到子女成功而骄傲。他并不知晓安杰拉就是自己的亲生女儿，但他就是这么做的，一直把安杰拉视如己出。"

"拉里一直都爱着你的母亲。他们一直通信，所以肯定在其他地方还能找到他们的信件。"

迪戈翻了翻夹克的口袋。

"这还有一封。是妈妈从岛上回来的时候给我写的。"

"'我现在终于明白了，这些岛就是活下去的理由。我理解了周遭那些死去的人的忧伤。我曾经想让你远离他们。但现在，我知道，你将永远不会是一个英国人，而将永远是一个查戈斯人，一个伦敦的外乡人。你的位置在这里，你必须和我们站在一起，斗争吧。'"

这是一个遗愿："你将永远不会是一个英国人！"

关于这场抗争，之前的迪戈是从来不想去搞明白的，而就在他质疑着查戈斯人抗争的正义性之时，这封信到达了他的手中，信末，还有一句劝告："请成为我们斗争事业的辩护律师！"

秘
密

197

2007 年

伦敦

迪戈的英国梦破碎了。

一阵阵震耳欲聋的钢铁噪声中，地铁交错穿行。人们在地铁通道里互相挤压，在滑动门前互相推搡。伦敦人个个儿都在竞赛。快点，再快点！扶梯上，人们靠一边立着，因为在金融的丛林里，没有时间可浪费。迪戈陪着妹妹安杰拉去上国王学校，这可是一笔不小的开支。一切得益于拉里的慷慨。不过，在返回伦敦之后，迪戈对妹妹什么都没说起过。

安杰拉耳朵上挂着耳机，沉浸在蕾哈娜的最新曲目中。这个年轻姑娘披着一条羊绒披肩，穿着牛仔裤，名牌大衣，脚踩一双细高跟鞋。松散的发型看似漫不经心，实则是刻意精心修饰过。这实在是一个完美的伦敦女孩的形象。

迪戈的职业起步很成功。不过，他经常自问，"伦敦对我而言是什么呢？是一个流亡地，还是一个避难所？抑或者是老查戈斯人所说的，一个海市蜃楼？"

到了牛津街站和邦德街站，地铁门开了，人群蜂拥而入。一位年长女性翻阅着《泰晤士报》。迪戈从她的肩膀上望过去，瞥见一则短讯："根据英国政府的要求，上诉法院将于第二日裁决高等法院支持查戈斯人返回其岛屿的决定。"

* * *

2007 年 5 月 23 日，法院认定最高法院先前的判决有效，维系原判。判决的理由轰动一时：上诉法院大法官塞德利（Lord Jutiu Sedley）宣称英国政府为阻止查戈斯人家庭返岛所使用的方法是非法的，构成权力滥用。

但一年之后，2008 年 10 月 22 日，"国家理性"再一次撕毁最高法院所作出的判决。女王会同枢密院赞同政府的决定，即禁止伊鲁瓦人返回群岛！

迪戈想要和奥利弗身边且身在威斯敏斯特的查戈斯人见个面。他走出地铁，外面细雨纷飞。大理石阶梯通向泰晤士河畔左岸。拥有四个表盘的大本钟，似乎总是在藐视着时间和万事万物。

历史，总是让人类为之着迷，然而，即便赢得了战役的人，又能在历史上留下些什么呢？特拉法尔之战还剩下些什么呢？是广场，是纳尔逊的雕像，还是传说故事？而那些被战争机器碾碎的、溺亡的水兵们呢？还有几人记得他们？

2008 年 10 月 22 日，历史什么也没留下。此外，它还对示威的查戈斯人视而不见，它看不见查戈斯人的悲痛，听不见他们的口号，对他们在警察围起来的栅栏前展开的标语无动于衷。

历史早已无视奥利弗，听证会后，奥利弗已无比沮丧。

迪戈老远看见了他，迪戈想走上去，握住奥利弗的手，借此向他传递一些温暖和情谊，但奥利弗的律师带着他去了大厅。报道员们从大理石柱间冲出来，站在诉说着帝国重要时刻的雕像下。BBC 的摄像师与摄影师之间展开了激烈斗争，闪光灯的声音嘭嘭作响，记者的问题一个接着一个。

该说的，奥利弗都说了。他说巨人哥利亚战胜了小民大卫，他们胜利的果实被窃取了，他还说，这是查戈斯人的抗争，并且他们

秘
密

199

会一直抗争到底。

"在必要的情况下，我们会去欧洲人权法院。"奥利弗说道，接着，他感谢了所有在这场斗争中支持他的友人。

人群散开了。记者拿出手机，电视上开始了实况转播。三条短讯。接着，就转向其他内容。

奥利弗出发去机场。一个数字问题始终萦绕在他的脑海。数字从来改变不了一场战争的命运走向，对此他很清楚，不过，在最高法院经历了 10 年的斗争，9 名法官都判决查戈斯人有理，只有 3 名持反面意见。英国人只好求助于女王会同枢密院，女王决定启用一项古老程序——颁布法令。对此，任何法官都无能为力。

雨越下越大。在威斯敏斯特教堂前，迪戈沿着泰晤士河沿岸走着，步伐小心翼翼。

这是第一次，他想要逃离伦敦，逃离这个不断否定他的族人正当权利的城市。他很迷茫，身上冷飕飕的。他以为自己可以选择"生活在别处"，但他害怕自己错了。他迷失在周遭深沉的天色中。汽车轮胎突然发出尖利的嘶叫，一阵猛烈的喇叭声接踵而至，出租车司机大大咧咧地辱骂起来，迪戈差一点被撞到。一名年长的无家可归的女人正尝试着用淋湿的纸箱点火取暖，可是纸箱实在太湿了，根本点不着。这一幕，多么像罗什布瓦和路易港那些贫民窟的景象！越来越冷了……

这里？还是那里？"我究竟属于哪里？"

迪戈跟跟跄跄地走着，拖着步子。他发觉自己丢了公文包、笔记本和手机。惊慌失措的他慌忙折回，找到一个电话亭，赶紧给罗伯特打电话。迪戈对他说不知道自己在哪，说自己必须要走，因为自己肩负使命，还说自己是那些被偷走了历史的人们的继承者。伦敦，在迪戈看来，是不怀好意的。

"伦敦不是对你不怀好意，不是针对你，谁也不针对。只不过，伦敦以它自己的方式对待这个世界。睁开眼睛吧！看看你周围的人，各个街区的人，出租车司机……伦敦喜欢所有人，就像巴黎、纽约、柏林……"

"可这不是我家。我不属于这儿！"

"当然是了。没有人问你从哪来。不管你在学校还是在工作单位……"

"我不想忘记我的历史。"

"没有人让你忘掉它，迪戈。但是你曾经那么迫切地想要忘掉自己所看见的周遭人的悲痛，这是你母亲和所有查戈斯人的悲痛。你一次次地尝试推开他们的苦痛，终于你成功地忘记了。但今天的你，对他们的经历感同身受了，所以你才觉得有负罪感！"

"可我是有使命的！"

"不！那是责任！你必须和你自己和解。你没有背叛任何人。你的母亲希望你远离这场苦难。她希望你不要重蹈她的覆辙。这是她的意愿。你已经做到了。这很好！"

"'弄清楚自己到底属于哪里'这个问题和地理无关。首先问问你自己，为了尊重母亲的意愿，你能做些什么。你可以帮助你的族人，向他们伸出手，为他们辩护，这些事情你在哪里都可以做。不管是在这，在毛里求斯，还是别的什么地方。但你首先需要从你身上找到能做成这些事情的力量。"

通话断了。迪戈再打过去，罗伯特的电话再也没有接通。这不是一场悲剧，迪戈思忖着。"我找到了之前我所不曾找到的。"电话另一端，罗伯特微笑着。他知道迪戈不会再打过来了，因为迪戈再也不需要了。

* * *

这天晚上，乔纳森和德西蕾乘坐地铁去与迪戈会合。到了霍本站，车厢里挤进一群光头党，推搡着德西蕾这个年轻姑娘。这群种族主义分子，粗俗而肆无忌惮。德西蕾停下来，直视着他们，紧紧抓住同伴的胳膊，给他们让出一条道来。乔纳森猛地一踢，脚下一个啤酒罐飞了起来。

其中一个光头党对他们作出一个挑衅的手势。

"我们是伊鲁瓦人！"德西蕾冲着他们大声藐视地喊叫起来，接着，她和乔纳森疯狂地跑起来，穿过迷宫一般的楼梯和长廊，来到了地面上。

2016 年

毛里求斯

在毛里求斯普莱桑斯（Peaisance）机场，迪戈情绪激动地向移民局递上了自己的毛里求斯护照，而把那本暗红色的、廉价的英国护照留在了包里。

"你永远不会成为一个英国人！"

在奥萨布尔斯角，他和祖母相遇了。

"我已经决定了，我会和你一起回毛里求斯。"

他用克里奥尔语对祖母说了这段话，表达竟如此的自然，令他自己都大吃一惊。长期囚禁在某处的字词，突然完成了自我释放。祖母哭了起来，将迪戈搂在怀里。

"我的位置就在这里。"迪戈说道，"我的母亲、祖父，你们的朋友，都走了。你们的斗争持续了 50 年，可英国人还在继续破坏我们的希望。"

"请做我们的律师！"索朗日曾这样要求他。他重新拾起学业，践行母亲的心愿。他和奥利弗·班库尔特的辩护人理查德·吉福德共事。他已经准备好了。

这天早晨，在卡西斯的海滩，迪戈以为再次看见了祖父的身影，他就坐在一棵风吹折了腰的榄仁树墩上。以前他常在这里织补渔网。微风徐徐，树叶颤抖起来。祖父就坐在船的残骸边。迪戈毫不怀疑这一幕是真实的——让·罗伊并没有远离他们。

不远处，他还看到一艘废弃的船只，船体被翻了过来，海盐和岁月充分侵蚀了它，就像老西尔维斯特从前那只被用心打磨过的船一样。只不过，打磨得再用心，也敌不过岁月。

让·罗伊，西尔维斯特，两人一辈子都互相跟随。从"那里"到这里。一个人的死亡，宣告着另一个人生命的终结。迪戈思忖道，他们是不是召唤了岛上的神灵，然后再纵身跳入海中，任由浪花将他们迅速带走。

"必须有人留在这里，讲述他们的故事。"他心里这样说，"为留存这份记忆，这份他们的记忆，他们的信仰，他们信奉的传说，任凭岁月流逝，依然像钢铁一般不可动摇。而这个人，将是我。"

迪戈重新认识了毛里求斯，这是他此前未曾好好看过的毛里

秘
密

求斯。

路易港。一座豪华五星级酒店脚下的港湾中泊着众人梦想的双体船和豪华游艇。

他在一架航海家号前停了下来。这是一艘大号帆船，挂着一面英国国旗，船上有巨大的桅杆，是为了在大洋上竞赛而设计的。

一个上了年纪的蓄着胡须的老水手，一头长发，懒洋洋地躺在躺椅上，一旁是他的同伴——一名金发混血美女。

"真是漂亮的船哦！"迪戈赞叹道，"你们从哪里来？"

"从普利茅斯来的。我们一年前出发的。到过西非，好望角，南非，德班。"

"那现在要去哪里呢？"

"可能去印度洋北边，塞舌尔。具体还不知道。我们在环游世界。"

"我家在查戈斯群岛。你们会在那停留吗？"迪戈问。

"可能吧……"水手微笑着。

迪戈回了一个笑脸。他想起保罗·贝朗热曾经发起的一次活动，他想召集一个和平小分队，向迪戈加西亚岛出发，但这件事没做成。

"真遗憾。"他想着，"这个想法能实现的话一定不错。某一天？或者很快？"

出发！当然了，只不过目前他脑海中只有一个目的地，那就是能够和族人重逢的地点。

* * *

几个月之后，查戈斯人得知，美国人与英国人决定将查戈斯群岛的租约再延长 20 年。美国总统与英国首相已经秘密达成一致。

当奥利弗·班库尔特得知这个消息时，他还满怀期待，希望新的协议在返岛的问题上能有一些进展。

但是 11 月 16 日又迎来新一轮耻辱：外交大臣阿内莱·德·圣约翰斯在下议院证实，新的协议内容对查戈斯人来说没有任何变化。

毛里求斯总理贾格纳特果断地处理了这个问题，并决定将其提交联合国。奥利弗知道，从现在开始。毛里求斯政府将和伊鲁瓦人用同一个声音说话了。

秘
密

尾　声

2017 年 6 月 20 日

纽约

联合国

晨光中，联合国总部大楼的蓝色剪影倒映在东河的水面上。这是一座人工搭建的玻璃大楼，是一个无法被取代的大剧场，在这里常常上演着和平大戏，不过大多数时候也会演砸。

联合国大会的规模十分庞大，有 193 个代表。每一个国家代表一票。这一点足以引起太多幻想了。实际上，它的权力很小，不过是个乌托邦式的议会罢了。在这里，最小的国家试图和最强大最富有的国家展开对话。

不过，也确实如此，他们的确是在那里对话的。

声音听起来很奇怪，不像是人的声音。在扩音器的效果下，所有的声音都走样了。

在这种冰冷庄严的环境下，发言人几乎是隐形的，见不到的。不过今天倒是个例外，大家都在听这位发言人讲话。这个人，是从远方来的，也是从遥远的年代来的。用他故乡的话说，是很久很久以前（letan lontan）。他说，他是被视作"开启毛里求斯独立道路"

的伦敦会议"仅存的唯一亲历者"。这是在 1965 年发生的事情，距 2017 年已 52 年了。

今天，贾格纳特已经 87 岁高龄了。他见证了"查戈斯群岛在毛里求斯独立之前被分割出去的场景"。

贾格纳特的语调很轻柔，语速均匀，但人们还是能听出来，他是在为这片岛屿上的人们能够返回故土而呐喊，祈求公正的到来。

这个年迈的老人同样希望国际社会能够允许毛里求斯人在国际法院为他们对查戈斯群岛的主权进行辩护。

世界的目光在别处。从来都是这样。大家盯着叙利亚的难民、基地分子，还有不断涌入欧洲的新的船民，抑或是朝鲜，还有它的原子弹。整个星球，聋了，瞎了，疯了，朝着疯狂一去不返。

可查戈斯群岛呢？查戈斯人呢？

前一天晚上，贾格纳特正在联合国大楼的大厅里布置影展，他展示了"失根者"所有的照片。任何一个驻留联合国大会的人都无法避开这些"失根者"的目光。这目光里没有恳求，只有召唤、要求、质询和命令，让所有人能再一次听他们讲话。

"请看到我们。"

他们的照片多到数不过来。照片上，查尔斯雅的目光如炬，观者被这目光注视着，根本无法走远，唯有靠近她。用不着去那深邃的皱纹背后寻找什么东西，只是看着她，信息就直面而来。那是哪怕她只剩最后一口气也要传递出来的信息："还我迪岛！"

影展的地点很遥远，远离了殖民公司花园，远离了威胁，远离了警棍和催泪弹。这里是联合国大楼的庄严大厅。无须吼出什么口号，那些彩色的、黑白的照片，就是证明，静静地散发着力量。

尾声

有一张老丽塔·大卫的肖像。在被流放的那一刻，她的生活就被按下了停止键。整整七年，她不得不过着和丈夫分开的日子。没有人能说得出，她的丈夫究竟被带去了哪里。

另一张照片，展示的是在流放之际的一个无名氏女性。她头顶一个粗木盒，里面装满她微不足道的财物，连她的惊慌失措也一同装进去了。至于这个盒子所装不下的，她已经抛到脑后了，那就是她曾经幸福的好日子。

奥利弗待在展览地，观察着那些驻足观看的人们。他们停下脚步，身体前倾，靠近照片，认真地观看。观众大概有十几位。

照片仿佛一堵墙，一堵痛苦之墙，一堵谎言之墙，也是一堵悲伤之墙。人们驻足在那，惊得发呆。

奥利弗露出了微笑，当真相被揭露，谎言和诡计被揭穿之时，人们总是会那么吃惊。法庭上，贾格纳特的陈词与展览的影像产生了共振。

"30 年来，"贾格纳特解释说，"联合国和国际社会都忽视了这样一些事实，那就是英国外交部在内部文件里所披露过的，英国政府有意向联合国抛出一个'既定事实'，并诱导联合国对在查戈斯群岛上居住的居民性质作出误判。"

"这是极为厚颜无耻的行为。"贾格纳特继续说道，"他们谈起查戈斯人就好像在谈论'人猿泰山'和'星期五'这些'野人'们一般。"

大厅里展出了英国外交部这份"著名"的 1966 年的内部解密文件。文件被刻意放大，上面清晰可见一位英国外交官的批注，是一番夹杂着种族主义、性别歧视主义和浓厚歧视性质的评论。

所有这一切的 "目的在于获得几块属于我们的礁石。这里将不会存在什么原住民，只有一群尚未成立委员会的海鸥们。（妇女委员会的地位还没有高到可以覆盖'鸟类的权利'）" ①

展出的这几行字让联合国的美国代表深感不快，她要求联合国秘书处对这些文字进行查禁处理，但文件是解密过的，因此它们最终还是原封不动地展示在现场。

一些查戈斯人也在现场，大多数是年轻人。他们向参观者解释自己家族的遭遇以及胸中苦闷，而家族的痛苦又是如何转移到他们身上，直至内心深处的。他们总是感受到不公正带来的各种情绪，并生出反抗的力量。

反抗？一张照片显示着，在卡农角（Pointe-Canon）有 3 个精心维护的小型墓地……梦迪、迪米、拉齐……在迪戈加西亚岛，英国人把自己的爱犬埋在那儿，那些都是警犬。

但反抗也是会传递的。一名女子弯下腰盯着另一张坟墓的照片。墓碑上布满风吹日晒的痕迹，不过铭文仍依稀可辨。映入眼帘的首先是一个姓名：玛丽·乔治娜·盖奎。于 1902 年 5 月 31 日去世。殁年 30 岁。推算下来，她应该出生于 1872 年。

她的父母呢？她肯定是有父母的。那么他们什么时候来的？她的父母又是谁的孩子？

女子久久地盯着这张照片。她站起身，强烈地抗议并质疑起

---

① 联合国妇女地位委员会成立于 1946 年，以促进妇女在政治、经济、教育和社会领域的权利为宗旨。这位英国外交官的文字游戏是通过选取了一个将女性称为鸟的英语俚语来表达的，显得既粗俗又饱含性别歧视意味。母鸡（poule，cocotte），形容轻佻的女子。

来。人们慢慢聚拢在她的身边。

"他们怎么可以宣称这是一群游民?"她大喊起来,"谁在诱导我们相信这些?"

见到此景,奥利弗情绪激动,他笑了。证据总是不言自明的,仅仅是摆在那里,就会产生唤起观者良知的作用。他向观众们讲了查尔斯雅、莉塞特的故事,还有莉塞特的姐妹诺琳的故事。她出现在另一张照片上。

当奥利弗的目光停留在一张巨大的肖像照面前时,他的声音颤抖起来。那是他的母亲。

6个月之前,奥利弗的母亲在重重跌了一跤之后被送进了医院。奥利弗给母亲丽塔送汤过去时,丽塔用一种非常严肃的口吻对儿子说:"我必须告诉你:你就要失去你的妈妈了,但是你,必须继续战斗下去,我的儿子……"

奥利弗向妈妈微笑着。继续战斗?她为何如此笃定呢?当然会了。要不然他还能做什么呢?

第二天早晨,丽塔给奥利弗打来电话。

"带我回家。"

"我正在开会,马上就过来。"他向母亲许诺。

然而,10点钟,电话再次响起。妹妹告诉她,母亲已撒手人寰。

什么东西碎掉了。

"我失去了我的右臂。它断了。连同我灵感的源泉,也一起消失了。"

奥利弗在卡西斯的墓地,重温了儿时的誓言。

"她真正的故乡不是这里。"他对自己说,"我要把她带回佩洛斯-班豪斯岛，把她埋葬在她的故土上。"

丽塔，莉塞特，查尔斯雅……一张张影像翻过，她们的样貌在发生变化，虽年纪渐长，勇气却始终无损。光阴荏苒，她们走了，而她们目光的力量犹在。这一双双眼睛里，光芒从未熄灭。

在联合国大会上，贾格纳特一直在追溯历史。

1965 年伦敦会议之后，英国人想要尽可能地快速摆脱查戈斯人，并宣称英国人对查戈斯群岛拥有主权。

不过，联合国早已在与罗德西亚（Rhodésie）及也门的独立谈判中指出了英国人的花招。自 1960 年起，联合国大会已经 3 次禁止以割裂领土作为承认殖民地独立的条件。

贾格纳特引用了一条由殖民大臣递交至哈罗德·威尔逊首相的文件。殖民大臣写道，"我们将会被指责在一个去殖民化时代制造了新的殖民地。假如英国试图改变联合国的规则，那么它将可能被控诉为'欺诈'"。殖民大臣接下来说得很明白，他就这一点写道："那么就把一桩木已成舟的事实摆在联合国面前吧。"

在戳穿了英国的伪善面目之后，贾格纳特作总结陈词："各位在座的代表们应该能够发现，仅是从这些事实出发，联合国的确有无可辩驳的理由去重新审视 1965 年签订的协议是否是公正的。"

奥利弗·班库尔特和毛里求斯代表团在大厅会合。投票开始了。

贾格纳特重新回座。他的陈述没有疏漏任何一点，也没有向英国人的欺诈屈服。对他来说，只有票数才是唯一重要的。一块亮晶晶的屏幕上显示着代表们的名字及他们各自的投票决定：赞成、反对、弃权……

尾
声

211

　　一年前，即 2016 年 6 月，当毛里求斯决定将查戈斯案提交至国际法院审理，英美双方均已预见到此举可能会带来的风险。如果国际法院传唤，那么两国必须为自己的行动作出回应，因为国际法院在诞生之际就出台了相关规约，规约明确表示，大规模驱逐一个民族的人口是"反人类罪行"。

　　威胁是真实存在的。美国人从未以这种面对面的方式被牵涉其中。此前，他们总是隐于英国人背后。

　　于是，两国政府第一次联合作出反应。英美联合公报印着王室的纹章和星条旗的颜色。所持的口吻是再清晰不过的威胁式的。

　　"将此事提交至国际法院将对毛里求斯与英国及美国的双边关系造成持久损害。"

　　两个大国咆哮着，露出了尖利的牙齿。

　　6 月 30 日，美国大使馆庆祝美国诞生 240 周年之际。贾格纳特补充说："英美非常担忧。他们以为我会就此投降！我会奋勇向前的。我才不在乎会发生什么事。"

　　贾格纳特遵守了自己的承诺。

　　一年之后的纽约。美国驻联合国代表妮基·黑利（Nikki Haley）向所有外交使团发出一封信，呼吁他们投票反对该决议草案。

　　不过，结果却不如美国之意。

　　草案通过了。奥利弗从贾格纳特的眼睛里看见了闪动的泪花。这名老政治家说道："我，一直是很有信心的。我是为正义而斗争的。在神的助力下，我一定会成功。因为我的斗争是正义的斗争。"

　　每个人都在思索着下一步怎么走。国际法院的判决又会倾向于哪一方呢？到底是查戈斯人还是英国人？①

毛里求斯人将案件提交给联合国的司法机构，此举取得了成功。2015 年 3 月，国际常设仲裁法院已经作出了有利于他们的裁决。时任总理的拉姆古兰继续进行民族斗争，对英国无视毛里求斯对查戈斯的主权要求，并于 2010 年"单方面"建立海洋保护区的决定提出质疑。英国人的傲慢被粉碎——国际常设仲裁法院判定英国的决定属于"非法性质"。②

于是，2017 年 6 月 30 日的这天晚上，从纽约到路易港，人们的希望与期待再次被点燃。这一次，法律最终能够得到遵守吗？对此，人们还是心存希望的，即便几十年来正义的钟摆一直摇摆不定，强权占了上风，人道被视而不见。

但是，必须要重新出牌，而不是向强力屈服。查戈斯人改变了策略。这一步已经完成了。

＊　＊　＊

联合国大会大堂空空如也。代表团都散了。大厅里，查戈斯人的展览也冷清起来，不过，还有 5 个人依然在那里徘徊。这 5 人分别是奥利弗、迪戈、安杰拉，记者罗伯特·汉密尔顿，以及一个上了年纪的男人——拉里。

前一天晚上，奥利弗在他俯瞰中央公园的酒店房间里，完成了一桩心愿——让安杰拉与其父亲相聚，也为了让拉里和迪戈能走得更近一些。迪戈是拉里所期待的那个孩子，是那个能为了族人而斗

① 参见本书"数据与史实"："国际法院"。
② 参见本书"数据与史实"："2015 年 3 月，海牙，国际常设仲裁法院裁决"。

争，把火炬传递下去的孩子。

索朗日给爱人写的那些从未发出的信件，是一声声求助的呐喊。这些从未被扔进大海的瓶子，终于寻得出路，最终抵达了它们该抵达的地点。拉里不为人所知的慷慨义举也发挥了它该有的作用。一个新的家庭就此诞生。

"在离你们如此遥远的这些时光里，我终于能确定下来一件事。"拉里对他们说。这是曾经他们所无法对对方说出口的那些话。

"我常常想搞明白，为什么选择了这种流浪，而自己又无力抗拒和放弃。无论身处熙攘人群，还是身处荒漠，所有的流浪都是一种孤独。杰夫的死，让我陷入了一种无法解脱的孤独中。"

"但至少我还有一位挚爱的女人——索朗日，还有一些让我学会了去爱的家人，那就是她的大家庭。有查尔斯雅、西尔维斯特，所有那些我在卡西斯的沙滩上遇到的人。当然还有你，迪戈！还有你，安杰拉！我的女儿！"

"你们是'失根者'的后代！但我又何尝不是呢！我成了一个'失根者'，一个流浪者。残酷的人性让我失了根。恐怖的战争阻止了我回到我所属世界的岸边。"

拉里再也说不出话来。

安杰拉和迪戈紧紧抱住了他，拉里也同样用尽力气紧紧地抱住了他们。罗伯特像他们一样，沉默无言。罗伯特察觉到拉里的嘴唇在微微颤抖。拉里正竭力克制自己哭出来，而呜咽已经升腾至胸口。

在一个凝聚了所有渴望与期望的地方，这些"失根者"们团聚在了一起。

　　　　　　　　　＊　＊　＊

　　离开联合国大厅之前，迪戈带着拉里再次走向展览地。他们想要最后再看上一眼这些查戈斯人的脸，再看一看查戈斯难民组织曾经发起的那些大型的示威活动。是这些抗争保护了他们不至于陷入绝望的深渊，激发了他们无尽的能量。有太多的人走了，走得远远的，永远不会回来了。不过，查戈斯人坚信一点，岛屿的神灵一直保佑着他们，给予众人以宽慰与庇护。

　　突然，拉里的心脏"怦"地猛烈跳动了一下。他看到了索朗日，她就在路易港那些示威者的队伍中间，和族人一起抗争游行。

　　一张张面孔让一段段记忆渐渐浮出脑海……

　　费尔南·曼达林斗争了这么多年，意念坚定的他也走了。拉里回顾着这些男人和女人的历史，有骄傲的，也有不幸的。其中，还有一张是奥利弗在高等法院台阶上摆出 V 字的胜利手势，这是 2002 年的照片，这个手势宣布着"失根者"战胜了哥利亚的短暂胜利。

　　　　　　　　　＊　＊　＊

　　奥利弗和迪戈迈着相同的步伐，缓缓朝第一大道走去。两人都很平静，兴许是联合国大会的投票让他们有了些许安心。突然，奥利弗停下脚步，他看着迪戈的眼睛，对他说："真的很奇怪。就在我看着索朗日照片的时候，我回想起自己从前一贯秉持的一个观点，那就是这场斗争会代代相承下去。我的母亲向我传递了斗争之火。你的母亲也是。瞧！现在你就和我们在一起。"

　　年轻人的脸上泛起一个大大的微笑。

尾
声

"你知道吗？奥利弗，我是需要很多时间才能理解这场斗争的。过去，示威、绝食抗议、暴力，这些事情我统统不关心。不过，今天，我知道自己从哪里来。我明白我是查戈斯人。请放心，我是不会退缩的……'因为，我还有承诺要遵守/还有数千英里的路要走/在我睡着之前'。[1]"

"真美的句子。"奥利弗很是赞叹。

"这是一首诗，很久之前学的。当时，为了提高英文水平我选了一些课。不知道为什么，我对这首诗始终记忆犹新。"

奥利弗再次朗诵起这首诗，仿佛是为他自己而诵。

"……我还有承诺要遵守/还有数千英里的路要走……"

"最后一句是什么？"他问道。

迪戈轻轻念出这句："在我睡着之前。"

"真的很棒！"奥利弗继续朗诵起来，"因为——我还有承诺要遵守/还有数千英里的路要走/在我睡着之前。"

奥利弗挽着迪戈的胳膊，两人静静地走向远处。

在"那里"，一团薄薄的轻雾正笼罩着椰子林和一片又一片岛屿。

---

① 出自诗歌《雪夜过深林》。参见 Robert Frost（1874-1963），*Stopping by Woods on a Snowy Evening*，https：//www. poetryfoundation. org/poems－and－poets/poems/detail/42891。

数据与史实

1. "毛里求斯人为了查戈斯人的命运而斗争"

还有一些毛里求斯人也加入了伊鲁瓦人的抗争队伍。他们当中，有基肖尔·蒙迪尔（Kishore Mundil）、维尼什·胡库姆辛格（Vinesh Hookoomsingh）和拉马·普努萨米（Rama Poonoosamy）——歌曲 *Rann nou Later Rann nou Lamer* 的作者。

2. "卡亚之死：骚乱和全国范围的安抚性活动"

集会的情况在失控，很有可能发生社区骚乱。在拉马·普努萨米的倡议下，寻求和平的声音被传递开来。卡萨姆·乌蒂姆总统、反对派领导人保罗·贝朗热及前任部长阿内罗德·贾格纳特向全国发表讲话。宗教领袖在他们之前就已经站出来讲话，之后是现任总理纳文·拉姆古兰发表讲话。正是得益于这些善意的举措，国家有序恢复平静。

3. "国际法院"

国际法院是联合国的司法机构，坐落在荷兰海牙，法院设有15名不同国籍的法官，由联合国大会和安全理事会分别以绝对多数原则从两轮投票中选出。法官任期为9年。国际法院接受来自各国，安全理事会或联合国大会提交的案件。

2017年6月20日，联合国大会批准了毛里求斯提出的一项决议，要求国际法院就1965年将查戈斯群岛从毛里求斯领土上分离的法律后果发表咨询意见。

联合国秘书长将联合国大会这一咨询请求提交国际法院书记官处（Greffe de la Cour）。随后，书记官处开始工作，并以书面形式收录当事各方的论点。书记官处可向可能提供有用资料的相关机构征求意见，并在最终发表意见之前听取当事各方的口头意见。

该咨询意见不具有约束力，但享有国际法院权威，这使得它在国际舞台上的斗争愈演愈烈的情况下，具有不可忽视且相当重要的分量，而这种分量，即使不能完全说是政治上的，但也至少是道德层面上的。

国际法院将于 2018 年 9 月初听取毛里求斯提出的主权要求，毛里求斯代表团将由总理普拉温德·库马尔·贾格纳特领导。

国际法院官方网站：www. icj-cij. org。

4. "2015 年 3 月，海牙，国际常设仲裁法院裁决"

2010 年，毛里求斯总理纳文·拉姆古兰向国际常设仲裁法院提起诉讼。毛里求斯声称，英国在查戈斯群岛建立海洋保护区的行为违反了《联合国海洋法公约》。2015 年 3 月，国际常设仲裁法院在裁决中表示，英国在没有与毛里求斯协商的情况下建立了该海洋保护区，违反了《联合国海洋法公约》的规定。

此外，国际常设仲裁法院还宣布，根据国际法，英国必须在查戈斯群岛不再具有防御用途时向毛里求斯归还该群岛，在群岛或领海内开采任何矿物或石油产品时维护毛里求斯的利益，并尽可能保障毛里求斯的捕鱼权。

根据法院判决，毛里求斯对查戈斯群岛的海域拥有主权。

国际常设仲裁法院官方网站上的裁决文书：https：//tinyurl. com/ChagosArbitration。

译名对照表

人名

Abhimanyu　阿比曼尤

Alex Salmond　亚历克斯·萨蒙德

Alexandre　亚历山大

Alexis Rouxielin　亚力克西·鲁克瑟兰

Anelay de St John's　阿内莱·德·圣约翰斯

Anerood Jugnauth　阿内罗德·贾格纳特

Angela　安杰拉

Berger Agathe　贝尔热·阿加特

Bill Rammell　比尔·拉梅尔

Brigitte　布里吉特

Bruno　布鲁诺

Cathy　卡西

Charlesia　查尔斯雅

Chaya　沙亚

David Snoxell　戴维·斯诺克斯

Diego Garcia de Moguer　迪戈·加西亚·德·莫格

Désiré　德西蕾

Edouard Maunick　爱德华·莫尼克

Elie Michel　埃利·米歇尔

Fernand Mandarin　费尔南·曼达林

Gary Streeter　加里·斯特里特

Germaine　杰曼

Hervé Lassémillante　埃尔为·拉西米朗

Hervé Silva　埃尔为·席尔瓦

Horacio Rivero　奥拉西奥·里韦罗

Ivy　艾维

James Schlesinger　詹姆斯·施莱辛格

Jean Roy　让·罗伊

Jeff Sanders　杰夫·桑德斯

Jeremy Corbyn　杰里米·科尔宾

Joel Larus　乔尔·拉鲁斯

John Crogan　约翰·克罗根

John Nagrendren　约翰·纳格兰德伦

John Shaw Rennie　约翰·肖·伦尼

Jonathan　乔纳森

Julien　于连

Kaya　卡亚

Kevin Hopkins　凯文·霍普金斯

Khomeiny　霍梅尼

Larry Bennet　拉里·贝内特

Laval　拉瓦尔

Lincoln　林肯

Lindsey Collen　林赛·科朗

Lisette Talate　莉塞特·塔拉特

Louis Onezine　路易·奥内辛

Marie　玛丽

Marilyn　玛丽莲

Mimose　米莫斯

Nadège Edmond　纳代日·埃德蒙

Navin Ramgoolam　纳文·拉姆古兰

Olive Besage　奥利芙·柏萨志

Olivier Bancoult　奥利弗·班库尔特

Paul Bérenger　保罗·贝朗热

Paul Caboche　保罗·卡博什

Permal　佩尔玛

Pravind Kumar Jugnauth　普拉温德·库马尔·贾格纳特

Prem　普雷

Rama Poonoosamy　拉马·普努萨米

Raoul　拉乌尔

Raphël　拉斐尔

Richard Gifford　理查德·吉福德

Richaud　里绍

Rita Bancoult　丽塔·班库尔特

Robert Hamilton　罗伯特·汉密尔顿

Robin Cook　罗宾·库克

Rozemont　罗兹蒙

Saddam Hussein　萨达姆·侯赛因

Sedley　塞德利

Seewoosagur Ramgoolam　西沃萨古尔·拉姆古兰

Serena　塞雷纳

Silvano　西尔瓦诺

Solange　索朗日

Sydney Kentridge　悉尼·肯特里奇

Sylvestre　西尔维斯特

Sylvio Michel　西尔维奥·米歇尔

Tam Dalyell　塔姆·戴利埃尔

Timothy Lynch　蒂莫西·林奇

Ti Moignac　提·穆瓦尼克

Tony Blair　托尼·布莱尔

Zéphyr　泽菲尔

地名

Archipel des Chagos　查戈斯群岛

Arlington　阿灵顿

Baie-du-Tombeau　通博湾

Beau-Bassin　博巴森镇

Bois-Marchand　布瓦马尔尚

Cassis　卡西斯

Champ-de-Mars　赛马场

Chaussée　首榭大街

Crawley　克劳利

Desroches　德洛实大街

Diego Garcia　迪戈加西亚岛

La Maison-Blanche　白宫

Mahé　马埃岛

Mersey　默西河

Peros-Banhos　佩洛斯-班豪斯岛

Pointe-aux-Sables　奥萨布尔斯角

Port des Salines　萨林斯港

Port-Louis　路易港

Potomac　波托马克河

Richer-Terre　立什岱尔

Roche-Bois　罗什布瓦

Rose-Hill　荷精市

Sainte-Croix　圣克鲁瓦

Sainte-Hélène　圣赫勒拿岛

Salomon　萨洛蒙岛

The Pentagon　五角大楼

Tinian　提尼安岛

Tottenham　托特纳姆

Triolet　特里奥莱

Tristan da Cunha　特里斯坦-达库尼亚岛

Vache Marin　瓦西马林岛

组织与机构

Cour européenne des Droits de l'Homme　欧洲人权法院

Cour internationale de Justice　国际法院

Greffe de la Cour　书记官处

Groupe Réfugiés Chagos　查戈斯难民组织

Haute Cour　高等法院

Mouvement Militant Mauricien　战斗党

Organisation de l'Unité africaine　非洲统一组织

Îlois Trust Fund Board　伊鲁瓦信托基金委员会

译后记

2021 年，受中国驻毛里求斯大使馆和中国非洲研究院委托，我开始翻译《忧伤的群岛：查戈斯人的流散与抗争》这本书。当时我正于中国社会科学院大学西亚非洲研究系攻读博士学位，研究方向与非洲政治相关，因此翻译这本"非洲故事"的过程进展得也较为顺利，不到一年时间就完成了译稿。有趣的是，虽然翻译工作结束，但我和本书的缘分却没有就此了结，后来它竟成为我博士论文选题的灵感来源。就主题而言，表面上，这本书讲述的是查戈斯人被英美两国联合起来驱逐出故土从而走上抗争之路的故事，但更深层次来说涉及的是冷战之后非洲岛屿国家的非殖民化进程问题，于是，以本书为契机，我的博士论文围绕查戈斯群岛非殖民化问题的来龙去脉及其进程之艰难的政治根源展开研究。得益于译者和研究者的双重身份，我对这本书的内容有了更为深刻的认识，再读作者的很多表述也有了豁然开朗之感，这让我在后期校稿时能够更好地把握翻译的风格和语言的准确性。

书中所讲的故事基于真实的历史事件和人物，作者自身也在毛里求斯政府担任要职，书中很多表述和史料都有据可查。可以说，这是第一部在国内出版的完整讲述查戈斯人故事和查戈斯群岛问题的重要书籍。于读者而言，本书也可作为一部了解查戈斯群岛历史、查戈斯岛民的境遇、英国与毛里求斯关于查戈斯群岛的领土争端由来、英美联合修建迪戈加西亚岛军事基地背景的基础性读物。

在一次采访中，作者南多·博达这样解释本书的写作初衷，得益于记者工作经历，他曾接触过几位带领查戈斯人政治抗争的查戈斯领袖，这让他深入了解到查戈斯人所遭受的苦难经历。他为这一群体的不屈斗志和抗争精神所打动，于是产生了一种想要讲述他们故事的使命感。查戈斯人一直在与命运抗争，不屈服于大国的强权，只不过是为了争取作为一个普通人的权利——返回故土，获取赔偿，体面地生活。而这场斗争，不仅仅是属于查戈斯人的，也是属于毛里求斯人的，同样也是21世纪广大受压迫人民团结起来反殖民主义的坚决斗争。

因此，从作者这席话不难看出，对这本书的阅读需要将其置于反殖民主义这一宏大视野下去品味、理解和感受。

故事以两条时间线展开叙述：一条是查戈斯人如何被无情驱逐、流放，然后走向与大国抗争的故事线；另一条是英国与美国在冷战思维下如何密谋部署修建印度洋军事基地，以及为了保障基地的建设和运行而驱逐岛民并弄虚作假的历史线。两条时间线交错展开，密切关联，前者为果，后者为因。

查戈斯人，正是英美大国地缘政治博弈棋局下的悲剧群体。

悲剧，源于美国冷战思维下的战略部署。

二战后，为应对苏联在印度洋上的影响力和威胁，美国急于在印度洋上寻求建设一处"关键战略岛屿"，作为投射其军事实力的海外军事基地。查戈斯人的家园——查戈斯群岛无意间成为美国军方选中的绝佳地点，从而不由自主地卷入美国印度洋战略的旋涡。

忧伤的群岛

226

查戈斯群岛位于印度洋中部，能够极大便利美军在印度洋上的军事行动，辐射其影响力，同时群岛偏远的地理位置也有助于美军远离他国政治攻讦。该岛还处于美国的盟友——英国殖民统治之下。英美双方在印度洋有着共同战略利益，双方一拍即合，开始谋划在该群岛修建军事基地的可能性。之所以要谋划，是因为 20 世纪 50 年代至 60 年代非殖民化运动已经如火如荼，绝大多数非洲国家相继实现国家独立和民族解放，毛里求斯也处于独立进程之中，查戈斯群岛很可能作为毛里求斯附属地而随之摆脱英国统治而获得独立地位。英美双方煞费苦心，一方面处心积虑威逼利诱毛里求斯"同意"将查戈斯群岛分离出其领土以作为同意毛里求斯独立的政治条件，另一方面通过刻意行政安排将查戈斯群岛纳入英属印度洋领地管辖区域之中，以保障英国对其实施有效统治，并将该群岛排除在各类法律管辖范围之外，为美军开展各类军事行动提供战略便利。1966 年，英美双方签署军事基地协议，首个租期为 50 年。随后在美国示意下，英国开始安排将查戈斯人全部驱逐至毛里求斯和塞舌尔等地。至 1973 年，查戈斯人被全部驱逐，岛上不留任何"活物"，而美军则正式开始在岛上大规模扩建基地，逐步将其变成美国介入印度洋事务的关键据点。

查戈斯人的悲惨命运，就这样在英美的谈判桌上被决定。

先是驱逐。

美军要求岛屿被彻底"清扫干净"。为避免联合国非殖民化机制监督，英美双方称岛上没有固定居民，只有流动季节性劳工。在英美安排下，最后一批查戈斯人在一个黑漆漆的夜晚被装在运输鸟粪的货船上运至毛里求斯和塞舌尔等地。经历重重艰辛磨难，最终等待他们的却只有痛苦、绝望和极度贫困。虽然他们曾是奴隶的后代，数百年前他们的祖先被殖民者通过万恶的奴隶贸易被带到了这里，他们不曾属于这里，但他们在查戈斯群岛已缓缓扎下了根，有了共同的历史、语言、文化和传说，成为印度洋岛屿上的一个小小的民族。于民族而言，驱逐，意味着再次"拔根而起"，飘零海外；于大国而言，驱逐一个民族，是反人类的暴行。

然后流放。

查戈斯人在毛里求斯的生活是悲惨的，他们没有现代社会必需的劳动技能，种植园经济生活让他们只会加工椰子和捕鱼。而独立后的毛里求斯正面临新生国家成长路上的阵痛，社会、经济危机叠加，失业是普通人的生活常态，又何谈查戈斯人呢？英国承诺的安置和补贴也不过是一纸空文。他们只能匍匐在地，艰难捱日，形同蝼蚁。"忧伤"（sagrin）成为生活的主要基调：他们是一群"失根者"，一群回不去故乡的人，一群社会的边缘人，是异族，是另类。没有人为他们呐喊，甚至没有人知道他们是谁。"忧伤"，是一团浓浓的迷雾，将他们困在其中，无法解脱。这也就是本书书名之由来。

最后唯有抗争。

在绝路上挣扎多年，查戈斯人决定与命运抗争。先是妇女们以不屈的意志开始绝食抗议，然后是越来越多的查戈斯人走向了政治抗争的道路。他们要生活、要活着、要活得像个人！可谁该为他们的命运负责？是英国，美国，还是毛里求斯？该以什么样的道路寻求正义？又该以什么身份？

查戈斯人成立了政治组织，他们以英国人的身份向英国高等法院寻求正义的道路走不通，直接向美国人寻求赔偿的道路也行不通，因为美国人总是以英国人为其挡箭牌——毕竟，协议是美国和英国签署的。他们的命运、他们的悲伤，又该适用于哪一条国际法条约呢？……

道路是艰辛的，但终于，他们的声音被听到——毛里求斯政府支持他们。毛里求斯政府将对查戈斯群岛的主权诉求与查戈斯人群体的人权问题一并提出，向英国正式发出了讨回查戈斯群岛主权的声音。自20世纪80年代以来，毛里求斯政府采取了各类国际司法途径寻求查戈斯群岛问题的解决办法，历经艰难险阻，才最终迎来胜利的曙光。

2019年2月25日，国际法院就1965年查戈斯群岛从毛里求斯分裂的法律后果发表了咨询意见，确认毛里求斯的非殖民化进程在1968年没有依法完成，认定毛里求斯的非殖民化是以违背人民自决权的方式进行的，因此，英国对查戈斯群岛的继续管理构成了引起英国国际责任的不法行为。法院表示，这是一项具有持续性质的不法行为，是由查戈斯群岛与毛里求斯的分离造成的。英国有义务尽快结束对查戈斯群岛的管理，而所有会员国必须与联合国合作，以便完成毛里求斯的非殖民化工作。这里的"会员国"尤其针对的是美国，目前美军军事基地的存在成为查戈斯群岛非殖民化问题解决的最大障碍。2019年5月22日，联合国大会高票通过第73/295号决议。根据该项决议，英国应在决议生效6个月内，也就是2019年11月22日之前无条件撤离查戈斯群岛，并将其主权移交给毛里求斯，并妥善解决好查戈斯人的重新安置和保护他们的人权这一问题……

译后记

这一次，查戈斯人有了国际社会压倒性的支持。

支持查戈斯人，就是正义的方向！

国际法院咨询意见与联合国大会决议不仅为查戈斯人带来希望，也为查戈斯群岛问题的彻底解决带来了希望。虽然国际法院咨询意见与联合国大会决议并不具有直接解决领土主权争端的效力，但却为讨论查戈斯人问题提供了在非殖民化政治性框架下解决的前景。

书的末尾，那名与故乡迪戈加西亚岛同名的、叫作"迪戈"的查戈斯青年拾起了母亲这一代人抗争的接力棒，将继续为查戈斯人返回故土的权利事业而奋斗，这也代表了作者的殷切期盼和希望。只要正义还没完全实现，查戈斯人的抗争将不会结束，尽管这一过程注定是曲折的。

以上，基本就是查戈斯人走过的历程。然而，故事并没有迎来句号，因为，至今查戈斯人仍然无法实现他们的基本权利，即便有了国际法的支持，英国仍然拒绝将群岛及时归还毛里求斯，美国的迪戈加西亚岛军事基地仍然是美国印度洋战略部署的关键棋子。查戈斯人依然无法返回故乡……

殖民主义与反殖民主义这一主题在作者的故事铺陈中慢慢清晰。

查戈斯人是殖民主义行径和奴隶贸易的见证者。数个世纪以来殖民国家的海权争夺让查戈斯群岛成为地缘战略博弈的对象，殖民者从莫桑比克、马达加斯加东海岸等地带来了查戈斯人的祖先。他们几百年前就被迫离开了故土，成为"失根者"，被强迫劳动，生活在这里。数百年过去，殖民主义戴上了新的帽子，美国以其庞大的海外军事基地体系构建起来一个新的殖民帝国，对世界实施张牙舞爪的控制。美国联合英国阴谋赶走了查戈斯人，驱逐一个民族，并禁止他们返回故土，这就是反人类的暴行！

但是，要看到的是，反殖民主义的大旗已被扛起！这不仅是查戈斯人的战斗，也是毛里求斯的战斗，更是全世界被压迫人民的战斗！国际社会已经听到了他们的声音。英美也因其违背国际法的行为正遭受来自全世界的道德舆论指责。英国迫于压力，2023 年已开启了和毛里求斯政府的政治谈判，尽管目前还未取得任何实质性的进展，但进步的车轮已缓缓启动……

因此，我们完全有理由相信，真正的胜利就会在前方，因为全世界人民的呼声，就是正义的方向！

译完此书，我被查戈斯人的经历深深打动。他们的痛苦与忧伤、挫败感、无力感，我感同身受：美丽的家园沦为了战争机器的军火库，给世界留下疮痍的影子……无法返回故土，等于切断了"根"，又该如何存在……弱小的人浮萍般随波逐流，生活失去了希望……在这样难过的境遇下，查戈斯人还是站了起来！多么了不起！他们选择了不屈，选择了抗争，选择了发出自己的声音。那一个个意志坚强的、顽强抗争的查戈斯女性形象，生动地摆在了我们的面前，她们的精神是多么令人赞叹……

不得不说，翻译本书，让我和这些素未谋面的"他们"建立了某种隐秘而热烈的情感联系。我关心查戈斯人的命运，也由衷祝福他们能够早日实现他们的基本权利，过上幸福的生活！也期盼在21 世纪，我们能够迎来国际社会彻底铲除殖民主义的历史性时刻！2020 年，联合国大会通过第 75/123 号决议，宣布 2021～2030 年为第四个铲除殖民主义国际十年。在 2021 年 2 月 18 日举行的非殖民化特别委员会 2021 年开幕式上,委员会主席凯沙·麦圭尔大使吁请所有会员国再次承诺,努力使这十年成为要纪念的最后一个十年。希望我们能够见证这一天的到来!

特别感谢中国驻毛里求斯大使馆和中国非洲研究院对本书翻译工作的大力支持!

图书在版编目（CIP）数据

忧伤的群岛：查戈斯人的流散与抗争／（毛里）南
多·博达（Nando Bodha）著；曾珠译. —北京：社会
科学文献出版社，2024.7
　（中国非洲研究院文库．学术译丛）
　ISBN 978-7-5228-3271-5

Ⅰ.①忧…　Ⅱ.①南…②曾…　Ⅲ.①长篇小说-毛
里求斯-现代　Ⅳ.①I484.45

中国国家版本馆 CIP 数据核字（2024）第 034059 号

中国非洲研究院文库·学术译丛

忧伤的群岛
——查戈斯人的流散与抗争

著　　者／〔毛里求斯〕南多·博达（Nando Bodha）
译　　者／曾　珠

出 版 人／冀祥德
组稿编辑／张晓莉
责任编辑／胡晓利　宋　祺
责任印制／王京美

出　　版／社会科学文献出版社·区域国别学分社（010）59367078
　　　　　地址：北京市北三环中路甲 29 号院华龙大厦　邮编：100029
　　　　　网址：www.ssap.com.cn
发　　行／社会科学文献出版社（010）59367028
印　　装／三河市尚艺印装有限公司

规　　格／开　本：787mm×1092mm　1/16
　　　　　印　张：15.75　字　数：177 千字
版　　次／2024 年 7 月第 1 版　2024 年 7 月第 1 次印刷
书　　号／ISBN 978-7-5228-3271-5
著作权合同
登 记 号／图字 01-2022-6141 号
定　　价／79.00 元

读者服务电话：4008918866